Anthony Costektos

Sempé - Goscinny

Le petit Nicolas

Denoël

à Henri Amouroux,
parrain de ce Nicolas.

Un souvenir
qu'on va chérir

Ce matin, nous sommes tous arrivés à l'école bien contents, parce qu'on va prendre une photo de la classe qui sera pour nous un souvenir que nous allons chérir toute notre vie, comme nous l'a dit la maîtresse. Elle nous a dit aussi de venir bien propres et bien coiffés.

C'est avec plein de brillantine sur la tête que je suis entré dans la cour de récréation. Tous les copains étaient déjà là et la maîtresse était en train de gronder Geoffroy qui était venu habillé en martien. Geoffroy a un papa très riche qui lui achète tous les jouets qu'il veut. Geoffroy disait à la maîtresse qu'il voulait absolument être photographié en martien et que sinon il s'en irait.

Le photographe était là, aussi, avec son appareil et la maîtresse lui a dit qu'il fallait faire vite, sinon, nous allions rater notre cours d'arithmétique. Agnan, qui est le premier de la classe et le chouchou de la maîtresse, a dit que ce serait dommage de ne pas avoir arithmétique, parce qu'il aimait ça et qu'il avait bien fait tous ses problèmes. Eudes, un copain qui est très fort, voulait donner

un coup de poing sur le nez d'Agnan, mais Agnan a des lunettes et on ne peut pas taper sur lui aussi souvent qu'on le voudrait. La maîtresse s'est mise à crier que nous étions insupportables et que si ça continuait il n'y aurait pas de photo et qu'on irait en classe. Le photographe, alors, a dit : « Allons, allons, allons, du calme, du calme. Je sais comment il faut parler aux enfants, tout va se passer très bien. »

Le photographe a décidé que nous devions nous mettre sur trois rangs; le premier rang assis par terre, le deuxième, debout autour de la maîtresse qui serait assise sur une chaise et le troisième, debout sur des caisses. Il a vraiment des bonnes idées, le photographe.

Les caisses, on est allés les chercher dans la cave de l'école. On a bien rigolé, parce qu'il n'y avait pas beaucoup de lumière dans la cave et Rufus s'était mis un vieux sac sur la tête et il criait : « Hou! Je suis le fantôme. » Et puis, on a vu arriver la maîtresse. Elle n'avait pas l'air contente, alors nous sommes vite partis avec les caisses. Le seul qui est resté, c'est Rufus. Avec son sac, il ne

voyait pas ce qui se passait et il a continué à crier :
« Hou! Je suis le fantôme », et c'est la maîtresse
qui lui a enlevé le sac. Il a été drôlement étonné,
Rufus.

De retour dans la cour, la maîtresse a lâché
l'oreille de Rufus et elle s'est frappé le front avec la
main. « Mais vous êtes tout noirs », elle a dit.
C'était vrai, en faisant les guignols dans la cave, on
s'était un peu salis. La maîtresse n'était pas
contente, mais le photographe lui a dit que ce
n'était pas grave, on avait le temps de se laver pendant que lui disposait les caisses et la chaise pour la
photo. A part Agnan, le seul qui avait la figure
propre, c'était Geoffroy, parce qu'il avait la tête
dans son casque de martien, qui ressemble à un
bocal. « Vous voyez, a dit Geoffroy à la maîtresse,
s'ils étaient venus tous habillés comme moi, il n'y
aurait pas d'histoires. » J'ai vu que la maîtresse
avait bien envie de tirer les oreilles de Geoffroy,
mais il n'y avait pas de prise sur le bocal. C'est une
combine épatante, ce costume de martien!

Nous sommes revenus après nous être lavés et
peignés. On était bien un peu mouillés, mais le

photographe a dit que ça ne faisait rien, que sur la photo ça ne se verrait pas.

« Bon, nous a dit le photographe, vous voulez faire plaisir à votre maîtresse? » Nous avons répondu que oui, parce que nous l'aimons bien la maîtresse, elle est drôlement gentille quand nous ne la mettons pas en colère. « Alors, a dit le photographe, vous allez sagement prendre vos places pour la photo. Les plus grands sur les caisses, les moyens debout, les petits assis. » Nous on y est allés et le photographe était en train d'expliquer à la maîtresse qu'on obtenait tout des enfants quand on était patient, mais la maîtresse n'a pas pu l'écouter jusqu'au bout. Elle a dû nous séparer, parce que nous voulions être tous sur les caisses.

« Il y a un seul grand ici, c'est moi! » criait Eudes et il poussait ceux qui voulaient monter sur les caisses. Comme Geoffroy insistait, Eudes lui a donné un coup de poing sur le bocal et il s'est fait très mal. On a dû se mettre à plusieurs pour enlever le bocal de Geoffroy qui s'était coincé.

La maîtresse a dit qu'elle nous donnait un dernier avertissement, après ce serait l'arithmétique, alors, on s'est dit qu'il fallait se tenir tranquilles et on a commencé à s'installer. Geoffroy s'est approché du photographe : « C'est quoi, votre appareil? » il a demandé. Le photographe a souri et il a dit : « C'est une boîte d'où va sortir un petit oiseau, bonhomme. — Il est vieux votre engin, a dit Geoffroy, mon papa il m'en a donné un avec parasoleil, objectif à courte focale, téléobjectif, et, bien sûr, des écrans... » Le photographe a paru surpris, il a cessé de sourire et il a dit à Geoffroy de retourner à sa place. « Est-ce que vous avez au moins une cellule photoélectrique? » a demandé Geoffroy. « Pour la dernière fois, retourne à ta place! » a crié le photographe qui, tout d'un coup, avait l'air très nerveux.

On s'est installés. Moi, j'étais assis par terre, a côté d'Alceste. Alceste, c'est mon copain qui est très gros et qui mange tout le temps. Il était en train de mordre dans une tartine de confiture et le photographe lui a dit de cesser de manger, mais Alceste a répondu qu'il fallait bien qu'il se nourrisse. « Lâche cette tartine! » a crié la maîtresse qui était assise juste derrière Alceste. Ça l'a tellement surpris, Alceste, qu'il a laissé tomber la tartine sur sa chemise. « C'est gagné », a dit Alceste, en essayant de racler la confiture avec son pain. La maîtresse a dit qu'il n'y avait plus qu'une chose à faire, c'était de mettre Alceste au dernier rang pour qu'on ne voie pas la tache sur sa chemise. « Eudes, a dit la maîtresse, laissez votre place à votre camarade. — Ce n'est pas mon camarade, a répondu Eudes, il n'aura pas ma place et il n'a qu'à se mettre de dos à la photo, comme ça on ne verra pas la tache, ni sa grosse figure. » La maîtresse s'est fâchée et elle a donné comme punition à Eudes la conjugaison du verbe : « Je ne dois pas refuser de céder ma place à un camarade qui a renversé sur sa chemise une tartine de confiture. » Eudes n'a rien dit, il est descendu de sa caisse et il est venu vers le premier rang, tandis qu'Alceste allait vers le dernier rang. Ça a fait un peu de désordre, surtout quand Eudes a croisé Alceste et lui a donné un coup de poing sur le nez. Alceste a voulu donner un coup de pied à Eudes, mais Eudes a esquivé, il est très agile, et c'est Agnan qui a reçu le pied, heureusement, là où

En haut, de gauche à droite : Martin (qui a bougé), Poulot, Dubéda, Coussignon, Rufus, Aldebert, Eudes, Champignac, Lefèvre, Toussaint, Charlier, Sarigaut.

Au milieu : Paul Bojojof, Jacques Bojojof, Marquou, Lafontan, Lebrun, Dubos, Delmont, de Fontagnés, Martineau, Geoffroy, Mespoulet, Falot, Lafageon.

Assis : Rignon, Guyot, Hannibal, Croutsef, Bergès, la maîtresse, Agnan, Nicolas, Faribol, Grosini, Gonzalès, Pichenet, Alceste, et Mouchevin (qui vient d'être renvoyé).

il n'a pas de lunettes. Ça ne l'a pas empêché, Agnan, de se mettre à pleurer et à hurler qu'il ne voyait plus, que personne ne l'aimait et qu'il voulait mourir. La maîtresse l'a consolé, l'a mouché, l'a repeigné et a puni Alceste, il doit écrire cent fois : « Je ne dois pas battre un camarade qui ne me cherche pas noise et qui porte des lunettes. » « C'est bien fait », a dit Agnan. Alors, la maîtresse lui a donné des lignes à faire, à lui aussi. Agnan, il a été tellement étonné qu'il n'a même pas pleuré. La maîtresse a commencé à les distribuer drôlement, les punitions, on avait tous des tas de lignes à faire et finalement, la maîtresse nous a dit : « Maintenant, vous allez vous décider à vous tenir tranquilles. Si vous êtes très gentils, je lèverai toutes les punitions. Alors, vous allez bien prendre la pose, faire un joli sourire et le monsieur va nous prendre une belle photographie! » Comme nous ne voulions pas faire de la peine à la maîtresse, on a obéi. Nous avons tous souri et on a pris la pose.

Mais, pour le souvenir que nous allions chérir toute notre vie, c'est raté, parce qu'on s'est aperçu que le photographe n'était plus là. Il était parti, sans rien dire.

Les cow-boys

J'ai invité les copains à venir à la maison cet après-midi pour jouer aux cow-boys. Ils sont arrivés avec toutes leurs affaires. Rufus avait mis la panoplie d'agent de police que lui avait offerte son papa avec le képi, les menottes, le revolver, le bâton blanc et le sifflet à roulette; Eudes portait le vieux chapeau boy-scout de son grand frère et un ceinturon avec des tas de cartouches en bois et deux étuis dans lesquels il y avait des revolvers terribles avec des crosses faites dans le même genre d'os que le poudrier que papa a acheté à maman après qu'ils se sont disputés à cause du rôti qui était trop cuit mais maman disait que c'était parce que papa était arrivé en retard. Alceste était en Indien, il avait une hache en bois et des plumes sur la tête, il ressemblait à un gros poulet; Geoffroy, qui aime bien se déguiser et qui a un papa très riche qui lui donne tout ce qu'il veut, était habillé complètement en cow-boy, avec un pantalon en mouton, un gilet en cuir, une chemise à carreaux, un grand chapeau, des revolvers à capsules et des éperons avec des pointes terribles. Moi, j'avais un masque noir

qu'on m'avait donné pour Mardi-Gras, mon fusil à flèches et un mouchoir rouge autour du cou qui est un vieux foulard à ma maman. On était chouettes!

On était dans le jardin et maman nous avait dit qu'elle nous appellerait pour le goûter. « Bon, j'ai dit, alors voilà, moi je suis le jeune homme et j'ai un cheval blanc et vous, vous êtes les bandits, mais à la fin c'est moi qui gagne. » Les autres, ils n'étaient pas d'accord, c'est ça qui est embêtant, quand on joue tout seul, on ne s'amuse pas et quand on n'est pas tout seul, les autres font des tas de disputes. « Pourquoi est-ce que ce ne serait pas moi le jeune homme, a dit Eudes, et puis, pourquoi je n'aurais pas un cheval blanc, moi aussi? — Avec une tête comme la tienne, tu peux pas être le jeune homme », a dit Alceste. « Toi, l'Indien, tais-toi ou je te donne un coup de pied dans le croupion! » a dit Eudes qui est très fort et qui aime bien donner des coups de poing sur les nez des copains et le coup du croupion ça m'a étonné, mais c'est vrai qu'Alceste ressemblait à un gros poulet. « En tout

cas, moi, a dit Rufus, je serai le shérif. — Le shérif?
a dit Geoffroy. Où est-ce que tu as vu un shérif
avec un képi, tu me fais rigoler! » Ça, ça n'a pas plu
à Rufus, dont le papa est agent de police. « Mon
papa, il a dit, il porte un képi et il ne fait rigoler
personne! — Il ferait rigoler tout le monde s'il
s'habillait comme ça au Texas », a dit Geoffroy et
Rufus lui a donné une gifle, alors, Geoffroy a sorti
un revolver de l'étui et il a dit : « Tu le regretteras,
Joe! » et Rufus lui a donné une autre gifle et Geoffroy est tombé assis par terre en faisant pan! avec
son revolver; alors Rufus s'est appuyé les mains
sur le ventre, et il fait des tas de grimaces et il est
tombé en disant : « Tu m'as eu coyote, mais je serai
vengé! »

Moi je galopais dans le jardin en me donnant
des tapes dans la culotte pour avancer plus vite et
Eudes s'est approché de moi. « Descends de ce
cheval, il a dit. Le cheval blanc, c'est moi qui l'ai! —
Non monsieur, je lui ai dit, ici je suis chez moi et
le cheval blanc, c'est moi qui l'ai », et Eudes m'a
donné un coup de poing sur le nez. Rufus a donné
un grand coup de sifflet à roulette. « Tu es un voleur de chevaux, il a dit à Eudes, et à Kansas City,
les voleurs de chevaux, on les pend! » Alors,
Alceste est venu en courant et il a dit : « Minute!
Tu peux pas le pendre, le shérif, c'est moi! — Depuis quand, volaille? » a demandé Rufus. Alceste,
qui pourtant n'aime pas se battre, a pris sa hache
en bois et avec le manche, toc! il a donné un coup
sur la tête de Rufus qui ne s'y attendait pas. Heureusement que sur la tête de Rufus il y avait le képi.
« Mon képi! Tu as cassé mon képi! » il a crié Rufus
et il s'est mis à courir après Alceste, tandis que moi

je galopais de nouveau autour du jardin.

« Eh, les gars, a dit Eudes, arrêtez! J'ai une idée. Nous on sera les bons ct Alceste la tribu des Indiens et il essaie de nous capturer et puis il prend un prisonnier, mais nous on arrive et on délivre le prisonnier et puis Alceste est vaincu! » Nous on était tous pour cette idée qui était vraiment chouette, mais Alceste n'était pas d'accord. « Pourquoi est-ce que je ferais l'Indien? » il a dit Alceste. « Parce que tu as des plumes sur la tête, idiot! a répondu Geoffroy, et puis si ça ne te plaît pas, tu ne joues plus, c'est vrai ça, à la fin, tu nous embêtes! — Eh bien, puisque c'est comme ça, je ne joue plus », a dit Alceste et il est allé dans un coin bouder et manger un petit pain au chocolat qu'il avait dans sa poche. « Il faut qu'il joue, a dit Eudes, c'est le seul indien que nous ayons d'ailleurs, s'il ne joue pas, je le plume! » Alceste a dit que bon, qu'il voulait bien, mais à condition d'être un bon Indien à la fin. « D'accord, d'accord, a dit Geoffroy, ce que tu peux être contrariant, tout de même! — Et le prisonnier, ce sera qui? j'ai demandé. — Ben, ça sera Geoffroy, a dit Eudes, on va l'attacher à l'arbre avec la corde à linge. — Ça va pas, non? a demandé Geoffroy, pourquoi moi? Je ne peux pas être le prisonnier, je suis le mieux habillé de tous! — Ben quoi? a répondu Eudes, ce n'est pas parce que j'ai un cheval blanc que je refuse de jouer! — Le cheval blanc c'est moi qui l'ai! » j'ai dit. Eudes s'est fâché, il a dit que le cheval blanc c'était lui et que si ça ne me plaisait pas il me donnerait un autre coup de poing sur le nez. « Essaie! » j'ai dit et il a réussi. « Bouge pas, Oklahoma Kid! » criait Geoffroy et il tirait des coups de revolver partout; Rufus, lui, donnait du sifflet à roulette et il disait : « Ouais, je suis le shérif, ouais, je vous arrête tous! » et Alceste lui a donné un coup de hache sur le képi en disant qu'il le faisait prisonnier et Rufus s'est fâché parce que son sifflet à roulette était tombé dans l'herbe, moi je pleurais et je disais à Eudes qu'ici j'étais chez moi et que je ne voulais plus le voir; tout le monde criait, c'était chouette, on rigolait bien, terrible.

Et puis, papa est sorti de la maison. L'air pas content. « Eh bien les enfants, qu'est-ce que c'est que ce vacarme, vous ne savez pas vous amuser gentiment? — C'est à cause de Geoffroy, monsieur, il ne veut pas être le prisonnier! » a dit Eudes. « Tu veux ma main sur la figure? » a demandé Geoffroy et ils ont recommencé à se battre, mais papa les a séparés. « Allons, les enfants, il a dit, je vais vous montrer comme il faut jouer. Le prisonnier ce sera moi! » Nous on était drôlement contents! Il est chouette mon papa! Nous avons attaché papa à l'arbre avec la corde à linge et à peine on avait fini, que nous avons vu monsieur Blédurt sauter par-dessus la haie du jardin.

Monsieur Blédurt, c'est notre voisin qui aime bien taquiner papa. « Moi aussi je veux jouer, je serai le peau-rouge Taureau Debout! — Sors d'ici Blédurt, on ne t'a pas sonné! » Monsieur Blédurt il était formidable, il s'est mis devant papa avec les bras croisés et il a dit : « Que le visage pâle retienne sa langue! » Papa faisait des drôles d'efforts pour se détacher de l'arbre et monsieur Blédurt s'est mis à danser autour de l'arbre en poussant des cris. Nous on aurait bien aimé rester voir papa et monsieur Blédurt s'amuser et faire les guignols, mais on n'a pas pu parce que maman nous a appelés pour le goûter et après on est allés dans ma chambre jouer au train électrique. Ce que je ne savais pas, c'est que papa aimait tellement jouer aux cow-boys. Quand on est descendus, le soir, monsieur Blédurt était parti depuis longtemps, mais papa était toujours attaché à l'arbre à crier et à faire des grimaces.

C'est chouette de savoir s'amuser tout seul, comme ça!

Le Bouillon

Aujourd'hui, à l'école, la maîtresse a manqué. Nous étions dans la cour, en rangs, pour entrer en classe, quand le surveillant nous a dit : « Votre maîtresse est malade, aujourd'hui. »

Et puis, monsieur Dubon, le surveillant, nous a conduits en classe. Le surveillant, on l'appelle le Bouillon, quand il n'est pas là, bien sûr. On l'appelle comme ça, parce qu'il dit tout le temps : « Regardez-moi dans les yeux », et dans le bouillon il y a des yeux. Moi non plus je n'avais pas compris tout de suite, c'est des grands qui me l'ont expliqué. Le Bouillon a une grosse moustache et il punit souvent, avec lui, il ne faut pas rigoler. C'est pour ça qu'on était embêtés qu'il vienne nous surveiller, mais, heureusement, en arrivant en classe, il nous a dit : « Je ne peux pas rester avec vous, je dois travailler avec monsieur le Directeur, alors, regardez-moi dans les yeux et promettez-moi d'être sages. » Tous nos tas d'yeux ont regardé dans les siens et on a promis. D'ailleurs, nous sommes toujours assez sages.

Mais il avait l'air de se méfier, le Bouillon, alors,

il a demandé qui était le meilleur élève de la classe. « C'est moi monsieur! » a dit Agnan, tout fier. Et c'est vrai, Agnan c'est le premier de la classe, c'est aussi le chouchou de la maîtresse et nous on ne l'aime pas trop, mais on ne peut pas lui taper dessus aussi souvent qu'on le voudrait, à cause de ses lunettes. « Bon, a dit le Bouillon, tu vas venir t'asseoir à la place de la maîtresse et tu surveilleras tes camarades. Je reviendrai de temps en temps voir comment les choses se passent. Révisez vos leçons. » Agnan, tout content, est allé s'asseoir au bureau de la maîtresse et le Bouillon est parti.

« Bien, a dit Agnan, nous devions avoir arithmétique, prenez vos cahiers, nous allons faire un problème. — T'es pas un peu fou? » a demandé Clotaire. « Clotaire, taisez-vous! » a crié Agnan, qui avait vraiment l'air de se prendre pour la maîtresse. « Viens me le dire ici, si t'es un homme! » a dit Clotaire et la porte de la classe s'est ouverte et on a vu entrer le Bouillon tout content. « Ah! il a dit. J'étais resté derrière la porte pour écouter. Vous, là-bas, regardez-moi dans les yeux! » Clo-

taire a regardé, mais ce qu'il a vu n'a pas eu l'air de lui faire tellement plaisir. « Vous allez me conjuguer le verbe : je ne dois pas être grossier envers un camarade qui est chargé de me surveiller et qui veut me faire faire des problèmes d'arithmétique. » Après avoir dit ça, le Bouillon est sorti, mais il nous a promis qu'il reviendrait.

Joachim s'est proposé pour guetter le surveillant à la porte, on a été tous d'accord, sauf Agnan qui criait : « Joachim, à votre place! » Joachim a tiré la langue à Agnan, il s'est assis devant la porte et il s'est mis à regarder par le trou de la serrure. « Il n'y a personne, Joachim? » a demandé Clotaire. Joachim a répondu qu'il ne voyait rien. Alors, Clotaire s'est levé et il a dit qu'il allait faire manger son livre d'arithmétique à Agnan, ce qui était vraiment une drôle d'idée, mais ça n'a pas plu à Agnan qui a crié : « Non! J'ai des lunettes! — Tu vas les manger aussi! » a dit Clotaire, qui voulait absolument qu'Agnan mange quelque chose. Mais Geoffroy a dit qu'il ne fallait pas perdre de temps avec des bêtises, qu'on ferait mieux de jouer à la balle. « Et les problèmes, alors? » a demandé Agnan, qui n'avait pas l'air content, mais nous, on n'a pas fait attention et on a commencé à se faire des passes et c'est drôlement chouette de jouer entre les bancs. Quand je serai grand, je m'achèterai une classe, rien que pour jouer dedans. Et puis, on a entendu un cri et on a vu Joachim, assis par terre et qui se tenait le nez avec les mains. C'était le Bouillon qui venait d'ouvrir la porte et Joachim n'avait pas dû le voir venir. « Qu'est-ce que tu as? » a demandé le Bouillon, tout étonné, mais Joachim n'a pas répondu, il faisait ouille, ouille, et c'est tout,

alors, le Bouillon l'a pris dans ses bras et l'a emmené dehors. Nous, on a ramassé la balle et on est retournés à nos places.

Quand le Bouillon est revenu avec Joachim, qui avait le nez tout gonflé, il nous a dit qu'il commençait à en avoir assez et que si ça continuait, on verrait ce qu'on verrait. « Pourquoi ne prenez-vous pas exemple sur votre camarade Agnan? il a demandé, il est sage, lui. » Et le Bouillon est parti. On a demandé à Joachim ce qu'il lui était arrivé et il nous a répondu qu'il s'était endormi à force de regarder par le trou de la serrure.

« Un fermier va à la foire, a dit Agnan, dans un panier, il a vingt-huit œufs à cinq cents francs la douzaine... — C'est de ta faute, le coup du nez », a dit Joachim. « Ouais! a dit Clotaire, on va lui faire manger son livre d'arithmétique, avec le fermier, les œufs et les lunettes! » Agnan, alors, s'est mis à pleurer. Il nous a dit que nous étions des méchants et qu'il le dirait à ses parents et qu'ils nous feraient tous renvoyer et le Bouillon a ouvert la porte. On était tous assis à nos places et on ne disait rien et le Bouillon a regardé Agnan qui pleurait tout seul assis au bureau de la maîtresse. « Alors quoi, il a dit le Bouillon, c'est vous qui vous dissipez, maintenant? Vous allez me rendre fou! Chaque fois que je viens, il y en a un autre qui fait le pitre! Regardez-moi bien dans les yeux, tous! Si je reviens encore une fois et que je vois quelque chose d'anormal, je sévirai! » et il est parti de nouveau. Nous, on s'est dit que ce n'était plus le moment de faire les guignols, parce que le surveillant, quand il n'est pas content, il donne de drôles de punitions. On ne bougeait pas, on entendait seulement renifler Agnan et mâcher Alceste, un copain qui mange tout le temps. Et puis, on a entendu un petit bruit du côté de la porte. On a vu le bouton de porte qui tournait très doucement et puis la porte a commencé à s'ouvrir petit à petit, en grinçant. Tous, on regardait et on ne respirait pas souvent, même Alceste s'est arrêté de mâcher. Et, tout d'un coup, il y en a un qui a crié : « C'est le Bouillon! » La porte s'est ouverte et le Bouillon est entré, tout rouge. « Qui a dit ça? » il a demandé. « C'est Nicolas! » a dit Agnan. « C'est pas vrai, sale menteur! » et c'était vrai que c'était pas vrai, celui qui avait dit ça, c'était Rufus. « C'est toi! C'est toi! C'est toi! » a crié Agnan et il s'est mis à pleurer. « Tu seras en retenue! » m'a dit le Bouillon. Alors je me suis mis à pleurer, j'ai dit que ce n'était pas juste et que je quitterais l'école et qu'on me regretterait bien. « C'est pas lui, m'sieu, c'est Agnan qui a dit le Bouillon! » a crié Rufus. « Ce n'est pas moi qui ai dit le Bouillon! » a crié Agnan. « Tu as dit le Bouillon, je t'ai entendu dire le Bouillon, parfaitement, le Bouillon! — Bon, ça va comme

ça, a dit le Bouillon, vous serez tous en retenue! »
« Pourquoi moi? a demandé Alceste. Je n'ai pas
dit le Bouillon, moi! » « Je ne veux plus entendre
ce sobriquet ridicule, vous avez compris? » a crié
le Bouillon, qui avait l'air drôlement énervé. « Je
ne viendrai pas en retenue! » a crié Agnan et il
s'est roulé par terre en pleurant et il avait des
hoquets et il est devenu tout rouge et puis tout bleu.
En classe, à peu près tout le monde criait ou pleurait, j'ai cru que le Bouillon allait s'y mettre aussi,
quand le Directeur est entré. « Que se passe-t-il,
le Bouil... Monsieur Dubon? » il a demandé, le
Directeur. « Je ne sais plus, monsieur le Directeur,
a répondu le Bouillon, il y en a un qui se roule par
terre, un autre qui saigne du nez quand j'ouvre la
porte, le reste qui hurle, je n'ai jamais vu ça!
Jamais » et le Bouillon se passait la main dans les
cheveux et sa moustache bougeait dans tous les
sens.

Le lendemain, la maîtresse est revenue, mais
le Bouillon a manqué.

Le football

Alceste nous a donné rendez-vous, à un tas de copains de la classe, pour cet après-midi dans le terrain vague, pas loin de la maison. Alceste c'est mon ami, il est gros, il aime bien manger, et s'il nous a donné rendez-vous, c'est parce que son papa lui a offert un ballon de football tout neuf et nous allons faire une partie terrible. Il est chouette, Alceste.

Nous nous sommes retrouvés sur le terrain à trois heures de l'après-midi, nous étions dix-huit. Il a fallu décider comment former les équipes, pour qu'il y ait le même nombre de joueurs de chaque côté.

Pour l'arbitre, ça a été facile. Nous avons choisi Agnan. Agnan c'est le premier de la classe, on ne l'aime pas trop, mais comme il porte des lunettes on ne peut pas lui taper dessus, ce qui, pour un arbitre, est une bonne combine. Et puis, aucune équipe ne voulait d'Agnan, parce qu'il est pas très fort pour le sport et il pleure trop facilement. Là où on a discuté, c'est quand Agnan a demandé qu'on lui donne un sifflet. Le seul qui en avait un, c'était Rufus, dont le papa est agent de police.

« Je ne peux pas le prêter, mon sifflet à roulette, a dit Rufus, c'est un souvenir de famille. » Il n'y avait rien à faire. Finalement, on a décidé qu'Agnan préviendrait Rufus et Rufus sifflerait à la place d'Agnan.

« Alors? On joue ou quoi? Je commence à avoir faim, moi! » a crié Alceste.

Mais là où c'est devenu compliqué, c'est que si Agnan était arbitre, on n'était plus que dix-sept joueurs, ça en faisait un de trop pour le partage. Alors, on a trouvé le truc : il y en a un qui serait arbitre de touche et qui agiterait un petit drapeau, chaque fois que la balle sortirait du terrain. C'est Maixent qui a été choisi. Un seul arbitre de touche, ce n'est pas beaucoup pour surveiller tout le terrain mais Maixent court très vite, il a des jambes très longues et toutes maigres, avec de gros genoux sales. Maixent, il ne voulait rien savoir, il voulait jouer au ballon, lui, et puis il nous a dit qu'il n'avait pas de drapeau. Il a tout de même accepté d'être arbitre de touche pour la première mi-temps. Pour le drapeau, il agiterait son mouchoir qui n'était pas propre, mais bien sûr, il ne savait pas en sortant de chez lui que son mouchoir allait servir de drapeau.

« Bon, on y va? » a crié Alceste.

Après, c'était plus facile, on n'était plus que seize joueurs.

Il fallait un capitaine pour chaque équipe. Mais tout le monde voulait être capitaine. Tout le monde sauf Alceste, qui voulait être goal, parce qu'il n'aime pas courir. Nous, on était d'accord, il est bien, Alceste, comme goal; il est très large et il couvre bien le but. Ça laissait tout de même quinze capitaines et ça en faisait plusieurs de trop.

« Je suis le plus fort, criait Eudes, je dois être capitaine et je donnerai un coup de poing sur le nez de celui qui n'est pas d'accord!

— Le capitaine c'est moi, je suis le mieux habillé! » a crié Geoffroy, et Eudes lui a donné un coup de poing sur le nez.

C'était vrai, que Geoffroy était bien habillé, son papa, qui est très riche, lui avait acheté un équipement complet de joueur de football, avec une chemise rouge, blanche et bleue.

« Si c'est pas moi le capitaine, a crié Rufus, j'appelle mon papa et il vous met tous en prison! »

Moi, j'ai eu l'idée de tirer au sort avec une pièce de monnaie. Avec deux pièces de monnaie, parce

que la première s'est perdue dans l'herbe et on ne l'a jamais retrouvée. La pièce, c'était Joachim qui l'avait prêtée et il n'était pas content de l'avoir perdue; il s'est mis à la chercher, et pourtant Geoffroy lui avait promis que son papa lui enverrait un chèque pour le rembourser. Finalement, les deux capitaines ont été choisis : Geoffroy et moi.

« Dites, j'ai pas envie d'être en retard pour le goûter, a crié Alceste. On joue? »

Après, il a fallu former les équipes. Pour tous, ça allait assez bien, sauf pour Eudes. Geoffroy et moi, on voulait Eudes, parce que, quand il court avec le ballon, personne ne l'arrête. Il ne joue pas très bien, mais il fait peur. Joachim était tout content parce qu'il avait retrouvé sa pièce de monnaie, alors on la lui a demandée pour tirer Eudes au sort, et on a perdu la pièce de nouveau. Joachim s'est remis à la chercher, vraiment fâché, cette fois-ci, et c'est à la courte paille que Geoffroy a gagné Eudes. Geoffroy l'a désigné comme gardien de but, il s'est dit que personne n'oserait s'approcher de la cage et encore moins mettre le ballon dedans. Eudes se vexe facilement. Alceste mangeait des biscuits, assis entre les pierres qui marquaient son but. Il n'avait pas l'air content. « Alors, ça vient, oui? » il criait.

On s'est placés sur le terrain. Comme on n'était que sept de chaque côté, à part les gardiens de but, ça n'a pas été facile. Dans chaque équipe on a commencé à discuter. Il y en avait des tas qui voulaient être avant-centres. Joachim voulait être arrière-droit, mais c'était parce que la pièce de monnaie était tombée dans ce coin et il voulait continuer à la chercher tout en jouant.

Dans l'équipe de Geoffroy ça s'est arrangé très vite, parce que Eudes a donné des tas de coups de poing et les joueurs se sont mis à leur place sans protester et en se frottant le nez. C'est qu'il frappe dur, Eudes!

Dans mon équipe, on n'arrivait pas à se mettre d'accord, jusqu'au moment où Eudes a dit qu'il viendrait nous donner des coups de poing sur le nez à nous aussi : alors, on s'est placés.

Agnan a dit à Rufus : « Siffle! » et Rufus, qui jouait dans mon équipe, a sifflé le coup d'envoi. Geoffroy n'était pas content. Il a dit : « C'est malin! Nous avons le soleil dans les yeux! Il n'y a pas de raison que mon équipe joue du mauvais côté du terrain! »

Moi, je lui ai répondu que si le soleil ne lui plaisait pas, il n'avait qu'à fermer les yeux, qu'il jouerait peut-être même mieux comme ça. Alors, nous nous sommes battus. Rufus s'est mis à souffler dans son sifflet à roulette.

« Je n'ai pas donné l'ordre de siffler, a crié Agnan, l'arbitre c'est moi! » Ça n'a pas plu à Rufus qui a dit qu'il n'avait pas besoin de la permission

d'Agnan pour siffler, qu'il sifflerait quand il en aurait envie, non mais tout de même. Et il s'est mis à siffler comme un fou. « Tu es méchant, voilà ce que tu es ! » a crié Agnan, qui a commencé à pleurer.

« Eh, les gars ! » a dit Alceste, dans son but.

Mais personne ne l'écoutait. Moi, je continuais à me battre avec Geoffroy, je lui avais déchiré sa belle chemise rouge, blanche et bleue, et lui il disait : « Bah, bah, bah ! Ça ne fait rien ! Mon papa, il m'en achètera des tas d'autres ! » Et il me donnait des coups de pied, dans les chevilles. Rufus courait après Agnan qui criait : « J'ai des lunettes ! J'ai des lunettes ! » Joachim, il ne s'occupait de personne, il cherchait sa monnaie, mais il ne la trouvait toujours pas. Eudes, qui était resté tranquillement dans son but, en a eu assez et il a commencé à distribuer des coups de poing sur les nez qui se trouvaient le plus près de lui, c'est-à-dire sur ceux de son équipe. Tout le monde criait, courait. On s'amusait vraiment bien, c'était formidable !

« Arrêtez, les gars ! » a crié Alceste de nouveau.

Alors Eudes s'est fâché. « Tu étais pressé de

jouer, il a dit à Alceste, eh! bien, on joue. Si tu as
quelque chose à dire, attends la mi-temps! »

« La mi-temps de quoi? a demandé Alceste.
Je viens de m'apercevoir que nous n'avons pas de
ballon, je l'ai oublié à la maison! »

On a eu l'inspecteur

La maîtresse est entrée en classe toute nerveuse. « M. l'Inspecteur est dans l'école, elle nous a dit, je compte sur vous pour être sages et faire une bonne impression. » Nous on a promis qu'on se tiendrait bien, d'ailleurs, la maîtresse a tort de s'inquiéter, nous sommes presque toujours sages. « Je vous signale, a dit la maîtresse, que c'est un nouvel inspecteur, l'ancien était déjà habitué à vous, mais il a pris sa retraite... » Et puis, la maîtresse nous a fait des tas et des tas de recommandations, elle nous a défendu de parler sans être interrogés, de rire sans sa permission, elle nous a demandé de ne pas laisser tomber des billes comme la dernière fois que l'inspecteur est venu et qu'il s'est retrouvé par terre, elle a demandé à Alceste de cesser de manger quand l'inspecteur serait là et elle a dit à Clotaire, qui est le dernier de la classe, de ne pas se faire remarquer. Quelquefois je me demande si la maîtresse ne nous prend pas pour des guignols. Mais, comme on l'aime bien, la maîtresse, on lui a promis tout ce qu'elle a voulu. La maîtresse a regardé pour voir si la classe et nous nous étions bien propres et

elle a dit que la classe était plus propre que certains
d'entre nous. Et puis, elle a demandé à Agnan, qui
est le premier de la classe et le chouchou, de mettre
de l'encre dans les encriers, au cas où l'inspecteur
voudrait nous faire une dictée. Agnan a pris la
grande bouteille d'encre et il allait commencer à
verser dans les encriers du premier banc, là où sont
assis Cyrille et Joachim, quand quelqu'un a crié :
« Voilà l'inspecteur! » Agnan a eu tellement peur
qu'il a renversé de l'encre partout sur le banc.
C'était une blague, l'inspecteur n'était pas là et la
maîtresse était très fâchée. « Je vous ai vu, Clotaire,
elle a dit. C'est vous l'auteur de cette plaisanterie
stupide. Allez au piquet! » Clotaire s'est mis à
pleurer, il a dit que s'il allait au piquet, il allait se
faire remarquer et l'inspecteur allait lui poser des
tas de questions et lui il ne savait rien et il allait se
mettre à pleurer et que ce n'était pas une blague,
qu'il avait vu l'inspecteur passer dans la cour avec
le directeur et comme c'était vrai, la maîtresse a
dit que bon, ça allait pour cette fois-ci. Ce qui
était embêtant, c'est que le premier banc était tout

plein d'encre, la maîtresse a dit alors qu'il fallait passer ce banc au dernier rang, là où on ne le verrait pas. On s'est mis au travail et ça a été une drôle d'affaire, parce qu'il fallait remuer tous les bancs et on s'amusait bien et l'inspecteur est entré avec le directeur.

On n'a pas eu à se lever, parce qu'on était tous debout, et tout le monde avait l'air bien étonné. « Ce sont les petits, ils... ils sont un peu dissipés », a dit le directeur. « Je vois, a dit l'inspecteur, asseyez-vous, mes enfants. » On s'est tous assis, et, comme nous avions retourné leur banc pour le changer de place, Cyrille et Joachim tournaient le dos au tableau. L'inspecteur a regardé la maîtresse et il lui a demandé si ces deux élèves étaient toujours placés comme ça. La maîtresse, elle a fait la tête de Clotaire quand on l'interroge, mais elle n'a pas pleuré. « Un petit incident... » elle a dit. L'inspecteur n'avait pas l'air très content, il avait de gros sourcils, tout près des yeux. « Il faut avoir un peu d'autorité, il a dit. Allons, mes enfants, mettez ce banc à sa place. » On s'est tous levés et l'inspecteur s'est mis à crier : « Pas tous à la fois : vous deux seulement! » Cyrille et Joachim ont retourné le banc et se sont assis. L'inspecteur a fait un sourire et il a appuyé ses mains sur le banc. « Bien, il a dit, que faisiez-vous, avant que je n'arrive? — On changeait le banc de place », a répondu Cyrille. « Ne parlons plus de ce banc! a crié l'inspecteur, qui avait l'air d'être nerveux. Et d'abord, pourquoi changiez-vous ce banc de place? — A cause de l'encre », a dit Joachim. « L'encre? » a demandé l'inspecteur et il a regardé ses mains qui étaient toutes bleues. L'inspecteur a fait un gros soupir et il a essuyé ses doigts avec un mouchoir.

Nous, on a vu que l'inspecteur, la maîtresse et le directeur n'avaient pas l'air de rigoler. On a décidé d'être drôlement sages.

« Vous avez, je vois, quelques ennuis avec la discipline, a dit l'inspecteur à la maîtresse, il faut user d'un peu de psychologie élémentaire », et puis, il s'est tourné vers nous, avec un grand sourire et il a éloigné ses sourcils de ses yeux. « Mes enfants, je veux être votre ami. Il ne faut pas avoir peur de moi, je sais que vous aimez vous amuser, et moi aussi, j'aime bien rire. D'ailleurs, tenez, vous connaissez l'histoire des deux sourds : un sourd dit à l'autre : tu vas à la pêche? et l'autre dit : non, je vais à la pêche. Alors le premier dit : ah bon, je croyais que tu allais à la pêche. » C'est dommage que la maîtresse nous ait défendu de rire sans sa permission, parce qu'on a eu un mal fou à se retenir. Moi, je vais raconter l'histoire ce soir à papa, ça va le faire rigoler, je suis sûr qu'il ne la connaît pas. L'inspecteur, qui n'avait besoin de la permis-

sion de personne, a beaucoup ri, mais comme il a vu que personne ne disait rien dans la classe, il a remis ses sourcils en place, il a toussé et il a dit : « Bon, assez ri, au travail. — Nous étions en train d'étudier les fables, a dit la maîtresse, *Le Corbeau et le Renard.* — Parfait, parfait, a dit l'inspecteur, eh bien, continuez. » La maîtresse a fait semblant de chercher au hasard dans la classe, et puis, elle a montré Agnan du doigt : « Vous, Agnan, récitez-nous la fable. » Mais l'inspecteur a levé la main. « Vous permettez? » il a dit à la maîtresse, et puis, il a montré Clotaire. « Vous, là-bas, dans le fond, récitez-moi cette fable. » Clotaire a ouvert la bouche et il s'est mis à pleurer. « Mais, qu'est-ce qu'il a? » a demandé l'inspecteur. La maîtresse a dit qu'il fallait excuser Clotaire, qu'il était très timide, alors, c'est Rufus qui a été interrogé. Rufus c'est un copain, et son papa, il est agent de police. Rufus a dit qu'il ne connaissait pas la fable par cœur, mais qu'il savait à peu près de quoi il s'agissait et il a commencé à expliquer que c'était l'histoire d'un corbeau qui tenait dans son bec un roquefort.

« Un roquefort? » a demandé l'inspecteur, qui
avait l'air de plus en plus étonné. « Mais non, a dit
Alceste, c'était un camembert. — Pas du tout,
a dit Rufus, le camembert, le corbeau il n'aurait
pas pu le tenir dans son bec, ça coule et puis ça
sent pas bon! — Ça sent pas bon, mais c'est
chouette à manger, a répondu Alceste. Et puis, ça
ne veut rien dire, le savon ça sent bon, mais c'est
très mauvais à manger, j'ai essayé, une fois. —
Bah! a dit Rufus, tu es bête et je vais dire à mon
papa de donner des tas de contraventions à ton
papa! » Et ils se sont battus.

Tout le monde était levé et criait, sauf Clotaire
qui pleurait toujours dans son coin et Agnan qui
était allé au tableau et qui récitait *Le Corbeau et
le Renard*. La maîtresse, l'inspecteur et le directeur
criaient « Assez! ». On a tous bien rigolé.

Quand ça s'est arrêté et que tout le monde s'est
assis, l'inspecteur a sorti son mouchoir et il s'est
essuyé la figure, il s'est mis de l'encre partout et
c'est dommage qu'on n'ait pas le droit de rire,

parce qu'il faudra se retenir jusqu'à la récréation et ça ne va pas être facile.

L'inspecteur s'est approché de la maîtresse et il lui a serré la main. « Vous avez toute ma sympathie, Mademoiselle. Jamais, comme aujourd'hui, je ne me suis aperçu à quel point notre métier est un sacerdoce. Continuez! Courage! Bravo! » Et il est parti, très vite, avec le directeur.

Nous, on l'aime bien, notre maîtresse, mais elle a été drôlement injuste. C'est grâce à nous qu'elle s'est fait féliciter, et elle nous a tous mis en retenue!

Rex

En sortant de l'école, j'ai suivi un petit chien. Il avait l'air perdu, le petit chien, il était tout seul et ça m'a fait beaucoup de peine. J'ai pensé que le petit chien serait content de trouver un ami et j'ai eu du mal à le rattraper. Comme le petit chien n'avait pas l'air d'avoir tellement envie de venir avec moi, il devait se méfier, je lui ai offert la moitié de mon petit pain au chocolat et le petit chien a mangé le petit pain au chocolat et il s'est mis à remuer la queue dans tous les sens et moi je l'ai appelé Rex,

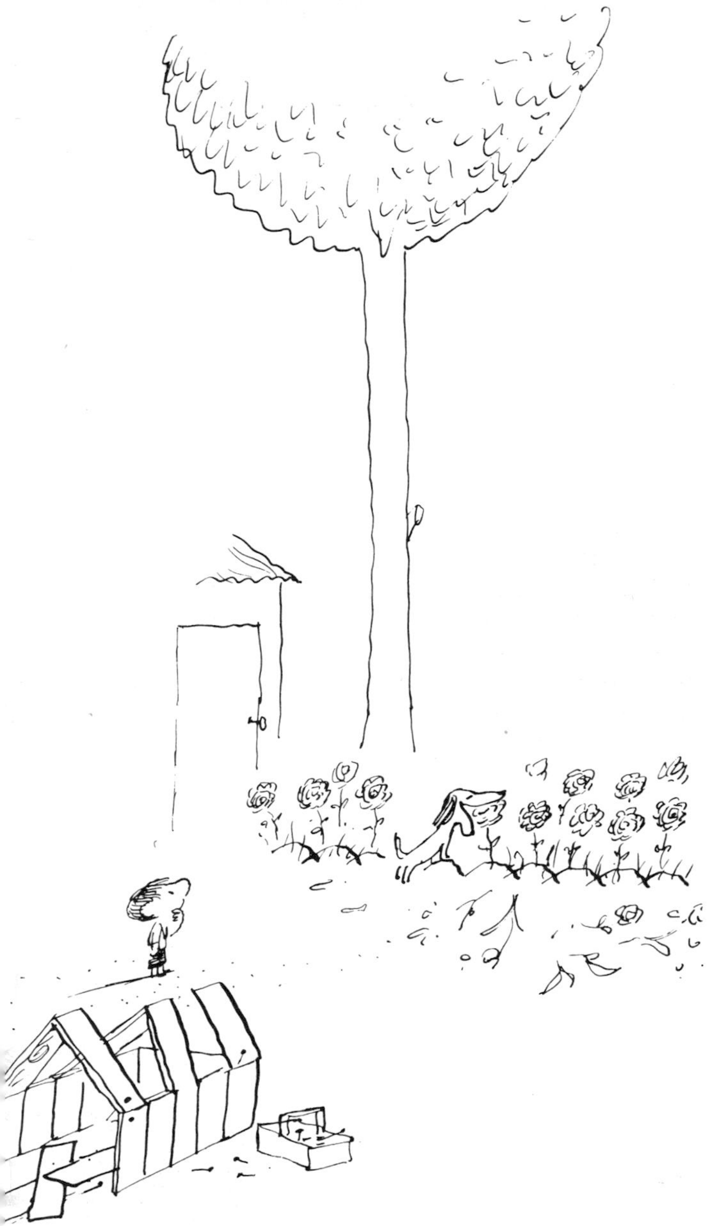

comme dans un film policier que j'avais vu jeudi dernier.

Après le petit pain, que Rex a mangé presque aussi vite que l'aurait fait Alceste, un copain qui mange tout le temps, Rex m'a suivi tout content. J'ai pensé que ce serait une bonne surprise pour papa et pour maman quand j'arriverais avec Rex à la maison. Et puis, j'apprendrais à Rex à faire des tours, il garderait la maison, et aussi, il m'aiderait à retrouver des bandits, comme dans le film de jeudi dernier.

Eh bien, je suis sûr que vous ne me croirez pas, quand je suis arrivé à la maison, maman n'a pas été tellement contente de voir Rex, elle n'a pas été contente du tout. Il faut dire que c'est un peu de la faute de Rex. Nous sommes entrés dans le salon et maman est arrivée, elle m'a embrassé, m'a demandé si tout s'était bien passé à l'école, si je n'avais pas fait de bêtises et puis elle a vu Rex et elle s'est mise à crier : « Où as-tu trouvé cet animal ? » Moi, j'ai commencé à expliquer que c'était un pauvre petit chien perdu qui m'aiderait à arrêter des tas de bandits, mais Rex, au lieu de se tenir tranquille, a sauté sur un fauteuil et il a commencé à mordre dans le coussin. Et c'était le fauteuil où papa n'a pas le droit de s'asseoir, sauf s'il y a des invités !

Maman a continué à crier, elle m'a dit qu'elle m'avait défendu de ramener des bêtes à la maison (c'est vrai, maman me l'a défendu la fois où j'ai ramené une souris), que c'était dangereux, que ce chien pouvait être enragé, qu'il allait nous mordre tous et qu'on allait tous devenir enragés et qu'elle allait chercher un balai pour mettre cet animal

50

dehors et qu'elle me donnait une minute pour sortir ce chien de la maison.

J'ai eu du mal à décider Rex à lâcher le coussin du fauteuil, et encore, il en a gardé un bout dans les dents, je ne comprends pas qu'il aime ça, Rex. Et puis, je suis sorti dans le jardin, avec Rex dans les bras. J'avais bien envie de pleurer, alors, c'est ce que j'ai fait. Je ne sais pas si Rex était triste aussi, il était trop occupé à cracher des petits bouts de laine du coussin.

Papa est arrivé et il nous a trouvés tous les deux, assis devant la porte, moi en train de pleurer, Rex en train de cracher. « Eh bien, il a dit papa, qu'est-ce qui se passe ici? » Alors moi j'ai expliqué à papa que maman ne voulait pas de Rex et Rex c'était mon ami et j'étais le seul ami de Rex et il m'aiderait à retrouver des tas de bandits et il ferait des tours que je lui apprendrais et que j'étais bien malheureux et je me suis remis à pleurer un coup pendant que Rex se grattait une oreille avec la patte de derrière et c'est drôlement difficile à faire, on a essayé une fois à l'école et le seul qui y réussissait c'était Maixent qui a des jambes très longues.

Papa, il m'a caressé la tête et puis il m'a dit que maman avait raison, que c'était dangereux de ramener des chiens à la maison, qu'ils peuvent être malades et qu'ils se mettent à vous mordre et puis après, bing! tout le monde se met à baver et à être enragé et que, plus tard, je l'apprendrais à l'école, Pasteur a inventé un médicament, c'est un bienfaiteur de l'humanité et on peut guérir, mais ça fait très mal. Moi, j'ai répondu à papa que Rex n'était pas malade, qu'il aimait bien manger et qu'il était drôlement intelligent. Papa, alors, a regardé Rex et il lui a gratté la tête, comme il me fait à moi, quelquefois. « C'est vrai qu'il a l'air en bonne santé, ce petit chien », a dit papa et Rex s'est mis à lui lécher la main. Ça lui a fait drôlement plaisir à papa. « Il est mignon », il a dit papa, et puis, il a tendu l'autre main et il a dit : « La patte, donne la papatte, allons, la papatte, donne! » et Rex lui a donné la papatte et puis il lui a léché la main et puis il s'est gratté l'oreille, il était drôlement occupé, Rex. Papa, il rigolait et puis il m'a dit : « Bon, attends-moi ici, je vais essayer d'arranger ça avec ta mère », et il est entré dans la maison. Il est chouette papa! Pendant que papa arrangeait ça avec maman, je me suis amusé avec Rex, qui s'est mis à faire le beau et puis comme je n'avais rien à lui donner à manger, il s'est remis à gratter son oreille, il est terrible, Rex!

Quand papa est sorti de la maison, il n'avait pas l'air tellement content. Il s'est assis à côté de moi, il m'a gratté la tête et il m'a dit que maman ne voulait pas du chien dans la maison, surtout après le coup du fauteuil. J'allais me mettre à pleurer, mais j'ai eu une idée. « Si maman ne veut pas de Rex dans la maison, j'ai dit, on pourrait le garder dans

le jardin. » Papa, il a réfléchi un moment et puis il a dit que c'était une bonne idée, que dans le jardin Rex ne ferait pas de dégâts et qu'on allait lui construire une niche, tout de suite. Moi j'ai embrassé papa.

Nous sommes allés chercher des planches dans le grenier et papa a appporté ses outils. Rex, lui, il s'est mis à manger les bégonias, mais c'est moins grave que pour le fauteuil du salon, parce que nous avons plus de bégonias que de fauteuils.

Papa, il a commencé à trier les planches. « Tu vas voir, il m'a dit, on va lui faire une niche formidable, un vrai palais. — Et puis, j'ai dit, on va lui apprendre à faire des tas de tours et il va garder la maison! — Oui, a dit papa, on va le dresser pour chasser les intrus, Blédurt par exemple. » Monsieur Blédurt, c'est notre voisin, papa et lui, ils aiment bien se taquiner l'un l'autre. On s'amusait bien, Rex, moi et papa! Ça s'est un peu gâté quand papa a crié, à cause du coup de marteau qu'il s'est donné sur le doigt et maman est sortie de la maison. « Qu'est-ce que vous faites? » a demandé maman. Alors moi, je lui ai expliqué que nous avions décidé, papa et moi, de garder Rex dans le

jardin, là où il n'y avait pas de fauteuils et que papa lui fabriquait une niche et qu'il allait apprendre à Rex à mordre monsieur Blédurt, pour le faire enrager. Papa, il ne disait pas grand-chose, il se suçait le doigt et il regardait maman. Maman n'était pas contente du tout. Elle a dit qu'elle ne voulait pas de bête chez elle et regardez-moi un peu ce que cet animal a fait de mes bégonias! Rex a levé la tête et il s'est approché de maman en remuant la queue et puis il a fait le beau. Maman l'a regardé et puis elle s'est baissée et elle a caressé la tête de Rex et Rex lui a léché la main et on a sonné à la porte du jardin.

Papa est allé ouvrir et un monsieur est entré. Il a regardé Rex et il a dit : « Kiki! Enfin te voilà! Je te cherche partout! — Mais enfin, monsieur, a demandé papa, que désirez-vous? — Ce que je désire? a dit le monsieur. Je désire mon chien! Kiki s'est échappé pendant que je lui faisais faire sa petite promenade et on m'a dit qu'on avait vu un gamin l'emmener par ici. — Ce n'est pas Kiki, c'est

Rex, j'ai dit. Et tous les deux on va attraper des bandits comme dans le film de jeudi dernier et on va le dresser pour faire des blagues à monsieur Blédurt! » Mais Rex avait l'air tout content et il a sauté dans les bras du monsieur. « Qui me prouve que ce chien est à vous, a demandé papa, c'est un chien perdu! — Et le collier, a répondu le monsieur, vous n'avez pas vu son collier? Il y a mon nom dessus! Jules Joseph Trempé, avec mon adresse, j'ai bien envie de porter plainte! Viens, mon pauvre Kiki, non mais! » et le monsieur est parti avec Rex.

On est restés tout étonnés, et puis maman s'est mise à pleurer. Alors, papa, il a consolé maman et il lui a promis que je ramènerais un autre chien, un de ces jours.

Djodjo

Nous avons eu un nouveau, en classe. L'après-midi, la maîtresse est arrivée avec un petit garçon qui avait des cheveux tout rouges, des taches de rousseur et des yeux bleus comme la bille que j'ai perdue hier à la récréation, mais Maixent a triché. « Mes enfants, a dit la maîtresse, je vous présente un nouveau petit camarade. Il est étranger et ses parents l'ont mis dans cette école pour qu'il apprenne à parler français. Je compte sur vous pour m'aider et être très gentils avec lui. » Et puis la maîtresse s'est tournée vers le nouveau et elle elle lui a dit : « Dis ton nom à tes petits camarades. » Le nouveau n'a pas compris ce que lui demandait la maîtresse, il a souri et nous avons vu qu'il avait des tas de dents terribles. « Le veinard, a dit Alceste, un copain gros, qui mange tout le temps, avec des dents comme ça, il doit mordre des drôles de morceaux ! » Comme le nouveau ne disait rien, la maîtresse nous a dit qu'il s'appelait Georges Mac Intosh. « Yes, a dit le nouveau, Dgeorges. — Pardon, mademoiselle, a demandé Maixent, il s'appelle Georges ou Dgeorges ? » La maîtresse nous a expliqué qu'il s'appelait Georges, mais que dans sa langue, ça se prononçait Dgeorges. « Bon, a dit Maixent, on l'appellera Jojo. — Non, a dit Joachim, il faut prononcer Djodjo. — Tais-toi, Djoachim », a dit Maixent et la maîtresse les a mis tous les deux au piquet.

La maîtresse a fait asseoir Djodjo à côté d'Agnan. Agnan avait l'air de se méfier du nouveau, comme il est le premier de la classe et le chouchou de la maîtresse, il a toujours peur des nouveaux, qui peuvent devenir premiers et chouchous. Avec nous, Agnan sait qu'il est tranquille.

Djodjo s'est assis, toujours en faisant son sourire plein de dents. « C'est dommage que personne ne parle sa langue », a dit la maîtresse. « Moi je possède quelques rudiments d'anglais », a dit Agnan, qui, il faut le dire, parle bien. Mais après qu'Agnan eut sorti ses rudiments à Djodjo, Djodjo l'a regardé et puis il s'est mis à rire et il s'est tapé le front avec le doigt. Agnan était très vexé, mais Djodjo avait raison. Après, on a su qu'Agnan lui avait raconté des choses sur son tailleur qui était riche et sur le jardin de son oncle qui était plus grand que le chapeau de sa tante. Il est fou, Agnan !

La récréation a sonné et nous sommes sortis, tous, sauf Joachim, Maixent et Clotaire, qui étaient punis. Clotaire est le dernier de la classe et il ne savait pas sa leçon. Quand Clotaire est interrogé, il n'a jamais de récréation.

Dans la cour, on s'est mis tous autour de Djodjo. On lui a posé beaucoup de questions, mais lui, tout ce qu'il faisait, c'était nous montrer des tas de dents. Et puis, il s'est mis à parler, mais on n'a rien compris, ça faisait « oinshouinshouin » et c'est

tout. « Ce qu'il y a, a dit Geoffroy qui va beaucoup au cinéma, c'est qu'il parle en version originale. Il lui faudrait des sous-titres. — Je pourrais peut-être traduire », a dit Agnan qui voulait essayer ses rudiments encore un coup. « Bah, a dit Rufus, toi, tu es un dingue! » Ça, ça lui a plu, au nouveau, il a montré Agnan du doigt et il a dit : « Aoh! Dingue-dinguedingue! » Il était tout content. Agnan, lui, il est parti en pleurant, il pleure tout le temps, Agnan. Nous, on a commencé à le trouver drôlement chouette, Djodjo, et moi, je lui ai donné un bout de mon morceau de chocolat de la récréation. « Qu'est-ce qu'on fait comme sport dans ton pays? » a demandé Eudes. Djodjo, bien sûr, n'a pas compris, il continuait à dire « dingue-dingue dingue », mais Geoffroy a répondu : « En voilà une question, ils jouent au tennis, chez eux! — Espèce de guignol, a crié Eudes, je ne te parle pas, à toi! — Espèce guignol! Dinguedingue! » a crié le nouveau qui avait l'air de beaucoup s'amuser avec nous. Mais Geoffroy n'avait pas aimé la façon dont lui avait répondu Eudes. « Qui est un guignol? » il a demandé et il a eu tort parce que Eudes est très fort et il aime bien donner des coups de poing sur les nez et ça n'a pas raté pour celui de Geoffroy. Quand il a vu le coup de poing, Djodjo s'est arrêté de dire « dinguedingue » et « espèce guignol ». Il a regardé Eudes et il a dit : « boxing? très bon! » Et il a mis ses poings devant sa figure et il a commencé à danser tout autour d'Eudes comme les boxeurs à la télévision chez Clotaire, parce que nous on n'en a pas encore et moi je voudrais bien que papa en achète une. « Qu'est-ce qui lui prend? » a demandé Eudes. « Il veut faire de la boxe avec toi, gros

61

malin! » a répondu Geoffroy qui se frottait le nez. Eudes a dit « bon » et il a essayé de boxer avec Djodjo. Mais Djodjo se débrouillait drôlement mieux qu'Eudes. Il lui donnait tout un tas de coups et Eudes commençait à se fâcher : « S'il ne laisse pas son nez en place, comment voulez-vous que je me batte? » il a crié et bing! Djodjo a donné un coup de poing à Eudes qui l'a fait tomber assis. Eudes n'était pas fâché. « T'es costaud! » il a dit en se relevant. « Costaud, dingue, espèce guignol! » a répondu le nouveau, qui apprend drôlement vite. La récréation s'est terminée, et, comme d'habitude, Alceste s'est plaint qu'on ne lui laissait pas le temps de terminer les quatre petits pains pleins de beurre qu'il apporte de chez lui.

En classe, quand nous sommes entrés, la maîtresse a demandé à Djodjo s'il s'était bien amusé, alors, Agnan s'est levé et il a dit : « Mademoiselle, ils lui apprennent des gros mots! — C'est pas vrai, sale menteur! » a crié Clotaire, qui n'était pas sorti en récréation. « Dingue, espèce guignol, sale menteur », a dit Djodjo tout fier.

Nous, on ne disait rien, parce qu'on voyait que la maîtresse n'était pas contente du tout. « Vous devriez avoir honte, elle a dit, de profiter d'un camarade qui ignore votre langue! Je vous avais demandé pourtant d'être gentils, mais on ne peut pas vous faire confiance! Vous vous êtes conduits comme des petits sauvages, des mal élevés! — Dingue, espèce guignol, sale menteur, sauvage, mal élevé », a dit Djodjo, qui avait l'air de plus en plus content d'apprendre tant de choses.

La maîtresse l'a regardé avec des yeux tout ronds. « Mais... mais, elle a dit, Georges, il ne faut pas dire des choses comme ça! — Vous avez vu, mademoiselle? Qu'est-ce que je vous disais? » a dit Agnan. « Si tu ne veux pas rester en retenue, Agnan, a crié la maîtresse, je te prierai de garder tes réflexions pour toi! » Agnan s'est mis à pleurer. « Vilain cafard! » a crié quelqu'un, mais la maîtresse n'a pas su qui c'était, sinon, j'aurais été puni, alors, Agnan s'est roulé par terre en criant que personne ne l'aimait, que c'était affreux et qu'il allait mourir, et la maîtresse a dû sortir avec lui pour lui passer de l'eau sur la figure et le calmer.

Quand la maîtresse est revenue, avec Agnan, elle avait l'air fatiguée, mais heureusement, la cloche a sonné la fin de la classe. Avant de partir, la maîtresse a regardé le nouveau et lui a dit : « Je me demande ce que tes parents vont penser. — Vilain cafard », a répondu Djodjo en lui donnant la main.

La maîtresse avait tort de s'inquiéter, parce que les parents de Djodjo ont dû penser qu'il avait appris tout le français dont il avait besoin.

La preuve, c'est que Djodjo n'est plus revenu à l'école.

Le chouette bouquet

C'est l'anniversaire de ma maman et j'ai décidé
de lui acheter un cadeau comme toutes les années
depuis l'année dernière, parce qu'avant j'étais
trop petit.

J'ai pris les sous qu'il y avait dans ma tirelire
et il y en avait beaucoup, heureusement, parce que,
par hasard, maman m'a donné de l'argent hier. Je
savais le cadeau que je ferais à maman : des fleurs
pour mettre dans le grand vase bleu du salon, un
bouquet terrible, gros comme tout.

A l'école, j'étais drôlement impatient que la

classe finisse pour pouvoir aller acheter mon cadeau. Pour ne pas perdre mes sous, j'avais ma
main dans ma poche, tout le temps, même pour
jouer au football à la récréation, mais, comme je ne
joue pas gardien de but, ça n'avait pas d'impor-
tance. Le gardien de but c'était Alceste, un copain
qui est très gros et qui aime bien manger. « Qu'est-
ce que tu as à courir avec une seule main? » il m'a
demandé. Quand je lui ai expliqué que c'était parce
que j'allais acheter des fleurs pour ma maman, il
m'a dit que lui, il aurait préféré quelque chose à
manger, un gâteau, des bonbons ou du boudin
blanc, mais, comme le cadeau ce n'était pas pour
lui, je n'ai pas fait attention et je lui ai mis un but.
On a gagné par 44 à 32.

Quand nous sommes sortis de l'école, Alceste
m'a accompagné chez le fleuriste en mangeant la
moitié du petit pain au chocolat qui lui restait de la
classe de grammaire. Nous sommes entrés dans le
magasin, j'ai mis tous mes sous sur le comptoir et
j'ai dit à la dame que je voulais un très gros bouquet de fleurs pour ma maman, mais pas des bégo-

nias, parce qu'il y en a des tas dans notre jardin et ce n'est pas la peine d'aller en acheter ailleurs. « Nous voudrions quelque chose de bien », a dit Alceste et il est allé fourrer son nez dans les fleurs qui étaient dans la vitrine, pour voir si ça sentait bon. La dame a compté mes sous et elle m'a dit qu'elle ne pourrait pas me donner beaucoup, beaucoup de fleurs. Comme j'avais l'air très embêté, la dame m'a regardé, elle a réfléchi un peu, elle m'a dit que j'étais un mignon petit garçon, elle m'a donné des petites tapes sur la tête et puis elle m'a dit qu'elle allait arranger ça. La dame a choisi des fleurs à droite et à gauche et puis elle a mis des tas de feuilles vertes et ça, ça a plu à Alceste, parce qu'il disait que ces feuilles ressemblaient aux légumes qu'on met dans le pot-au-feu. Le bouquet était très chouette et très gros, la dame l'a enveloppé dans un papier transparent qui faisait du bruit et elle m'a dit de faire attention en le portant. Comme j'avais mon bouquet et qu'Alceste avait fini de sentir les fleurs, j'ai dit merci à la dame et nous sommes sortis.

J'étais tout content avec mon bouquet, quand nous avons rencontré Geoffroy, Clotaire et Rufus, trois copains de l'école. « Regardez Nicolas, a dit Geoffroy, ce qu'il peut avoir l'air andouille avec ses fleurs! — Tu as de la veine que j'aie des fleurs, je lui ai dit, sinon, tu recevrais une gifle! — Donne-les-moi, tes fleurs, m'a dit Alceste, je veux bien les tenir pendant que tu gifles Geoffroy. » Alors, moi, j'ai donné le bouquet à Alceste et Geoffroy m'a donné une gifle. On s'est battus et puis j'ai dit qu'il se faisait tard, alors on s'est arrêtés. Mais j'ai dû rester encore un peu, parce que Clotaire a dit : « Regardez Alceste, maintenant c'est lui qui a l'air d'une andouille, avec les fleurs! » Alors, Alceste lui a donné un grand coup sur la tête, avec le bouquet. « Mes fleurs! j'ai crié. Vous allez casser mes fleurs! » C'est vrai, aussi! Alceste, il donnait des tas de coups avec mon bouquet et les fleurs volaient de tous les côtés parce que le papier s'était déchiré et Clotaire criait : « Ça ne me fait pas mal, ça ne me fait pas mal! »

Quand Alceste s'est arrêté, Clotaire avait la tête

couverte par les feuilles vertes du bouquet et c'est vrai que ça ressemblait drôlement à un pot-au-feu. Moi, j'ai commencé à ramasser mes fleurs et je leur disais, à mes copains, qu'ils étaient méchants. « C'est vrai, a dit Rufus, c'est pas chouette ce que vous avez fait aux fleurs de Nicolas! — Toi, on ne t'a pas sonné! » a répondu Geoffroy et ils ont commencé à se donner des gifles. Alceste, lui, est parti de son côté, parce que la tête de Clotaire lui avait donné faim et il ne voulait pas être en retard pour le dîner.

Moi, je suis parti avec mes fleurs. Il en manquait, il n'y avait plus de légumes ni de papier, mais ça faisait encore un beau bouquet, et puis, plus loin, j'ai rencontré Eudes.

« Tu fais une partie de billes? » il m'a demandé, Eudes. « Je ne peux pas, je lui ai répondu, il faut que je rentre chez moi donner ces fleurs à ma maman. » Mais Eudes m'a dit qu'il était encore de bonne heure et puis moi, j'aime bien jouer aux billes, je joue très bien, je vise et bing! presque toujours, je gagne. Alors, j'ai rangé les fleurs sur le

trottoir et j'ai commencé à jouer avec Eudes et c'est chouette de jouer aux billes avec Eudes, parce qu'il perd souvent. L'ennui, c'est que quand il perd il n'est pas content et il m'a dit que je trichais et moi je lui ai dit qu'il était un menteur, alors, il m'a poussé et je suis tombé assis sur le bouquet et ça ne leur a pas fait du bien aux fleurs. « Je le dirai à maman, ce que tu as fait à ses fleurs », je lui ai dit à Eudes et Eudes était bien embêté. Alors, il m'a aidé à choisir les fleurs qui étaient les moins écrasées. Moi je l'aime bien Eudes, c'est un bon copain.

Je me suis remis à marcher, mon bouquet, il n'était plus bien gros, mais les fleurs qui restaient, ça allait; une fleur était un peu écrasée, mais les deux autres étaient très bien. Et alors, j'ai vu arriver Joachim sur son vélo. Joachim, c'est un copain d'école qui a un vélo.

Alors, là, j'ai bien décidé de ne pas me battre, parce que si je continuais à me disputer avec tous les copains que je rencontrais dans la rue, bientôt, il ne me resterait plus de fleurs pour donner à ma maman. Et puis, après tout, ça ne les regarde pas les copains, si je veux offrir des fleurs à ma maman, c'est mon droit et puis moi, je crois qu'ils sont jaloux, tout simplement, parce que ma maman va être très contente et elle va me donner un bon dessert et elle va dire que je suis très gentil et puis qu'est-ce qu'ils ont tous à me taquiner?

« Salut, Nicolas! » il m'a dit, Joachim. « Qu'est-ce qu'il a mon bouquet? j'ai crié à Joachim. Andouille toi-même! » Joachim a arrêté son vélo, il m'a regardé avec des yeux tout ronds et il m'a demandé : « Quel bouquet? — Celui-ci! » je lui ai

répondu et je lui ai envoyé les fleurs à la figure. Je crois que Joachim ne s'attendait pas à recevoir des fleurs sur la figure, en tout cas, ça ne lui a pas plu du tout. Il a jeté les fleurs dans la rue et elles sont tombées sur le toit d'une auto qui passait et elles sont parties avec l'auto. « Mes fleurs! j'ai crié. Les fleurs de ma maman! — T'en fais pas, m'a dit Joachim, je prends le vélo et je rattrape l'auto! » Il est gentil, Joachim, mais il ne pédale pas vite, surtout quand ça monte, et pourtant, il s'entraîne pour le Tour de France qu'il fera quand il sera grand. Joachim est revenu en me disant qu'il n'avait pas pu rattraper l'auto, qu'elle l'avait lâché dans un col. Mais il me ramenait une fleur qui était tombée du toit de l'auto. Pas de chance, c'était celle qui était écrasée.

Joachim est parti très vite, ça descend pour aller chez lui, et moi, je suis rentré à la maison, avec ma fleur toute chiffonnée. J'avais comme un grosse boule dans la gorge. Comme quand je ramène mon carnet de classe à la maison avec des zéros dedans.

J'ai ouvert la porte et j'ai dit à maman : « Joyeux anniversaire, maman » et je me suis mis à pleurer. Maman a regardé la fleur, elle avait l'air un peu étonnée, et puis, elle m'a pris dans ses bras, elle m'a embrassé des tas et des tas de fois, elle a dit qu'elle n'avait jamais reçu un aussi beau bouquet et elle a mis la fleur dans le grand vase bleu du salon.

Vous direz ce que vous voudrez, mais ma maman, elle est chouette!

Les carnets

Cet après-midi, à l'école, on n'a pas rigolé, parce que le directeur est venu en classe nous distribuer les carnets. Il n'avait pas l'air content, le directeur, quand il est entré avec nos carnets sous le bras. « Je suis dans l'enseignement depuis des années, il a dit, le directeur, et je n'ai jamais vu une classe aussi dissipée. Les observations portées sur vos carnets par votre maîtresse en font foi. Je vais commencer à distribuer les carnets. » Et Clotaire s'est mis à pleurer. Clotaire c'est le dernier de la classe et tous les mois, dans son carnet, la maîtresse écrit des tas de choses et le papa et la maman de Clotaire ne sont pas contents et le privent de dessert et de télévision. Ils sont tellement habitués, m'a raconté Clotaire, qu'une fois par mois, sa maman ne fait pas de dessert et son papa va voir la télévision chez des voisins.

Sur mon carnet à moi il y avait : « Élève turbulent, souvent distrait. Pourrait faire mieux. » Eudes avait : « Élève dissipé. Se bat avec ses camarades. Pourrait faire mieux. » Pour Rufus, c'était : « Persiste à jouer en classe avec un sifflet à roulette,

maintes fois confisqué. Pourrait faire mieux. » Le
seul qui ne pouvait pas faire mieux, c'était Agnan.
Agnan, c'est le premier de la classe et le chouchou
de la maîtresse. Le directeur nous a lu le carnet
d'Agnan : « Élève appliqué, intelligent. Arrivera. »
Le directeur nous a dit qu'on devait suivre l'exemple d'Agnan, que nous étions des petits vauriens,
que nous finirions au bagne et que ça ferait sûrement beaucoup de peine à nos papas et à nos
mamans qui devaient avoir d'autres projets pour
nous. Et puis il est parti.

Nous, on était bien embêtés, parce que les car-

nets, nos papas doivent les signer et ça, ce n'est pas
toujours très rigolo. Alors, quand la cloche a sonné
la fin de la classe, au lieu de courir tous à la porte,
de nous bousculer, de nous pousser et de nous jeter
nos cartables à la tête comme nous le faisons d'habitude, nous sommes sortis doucement, sans rien
dire. Même la maîtresse avait l'air triste. Nous, on
ne lui en veut pas à la maîtresse. Il faut dire que ce
mois-ci, on a un peu fait les guignols et puis Geoffroy n'aurait pas dû renverser son encrier par terre
sur Joachim qui était tombé en faisant des tas de
grimaces parce que Eudes lui avait donné un coup

de poing sur le nez alors que c'était Rufus qui lui avait tiré les cheveux à Eudes.

Dans la rue, nous marchions pas vite, en traînant les pieds. Devant la pâtisserie on a attendu Alceste qui était entré acheter six petits pains au chocolat qu'il a commencé à manger tout de suite. « Il faut que je fasse des provisions, il nous a dit Alceste, parce que ce soir, pour le dessert... » et puis il a poussé un gros soupir, tout en mâchant. Il faut dire que sur le carnet d'Alceste, il y avait : « Si cet élève mettait autant d'énergie au travail qu'à se nourrir, il serait le premier de la classe, car il pourrait faire mieux. »

Celui qui avait l'air le moins embêté, c'était Eudes. « Moi, il a dit, je n'ai pas peur. Mon papa, il ne me dit rien, je le regarde droit dans les yeux et puis lui, il signe le carnet et puis voilà! » Il a de la veine, Eudes. Quand on est arrivés au coin, on s'est séparés. Clotaire est parti en pleurant, Alceste en mangeant et Rufus en sifflant tout bas dans son sifflet à roulette.

Moi, je suis resté tout seul avec Eudes. « Si tu as peur de rentrer chez toi, c'est facile, m'a dit Eudes. Tu viens chez moi et tu restes coucher à la maison. » C'est un copain Eudes. Nous sommes partis ensemble et Eudes m'expliquait comment il regardait son papa dans les yeux. Mais, plus on s'approchait de la maison de Eudes, moins Eudes parlait. Quand on s'est trouvés devant la porte de la maison, Eudes ne disait plus rien. On est restés là un moment et puis j'ai dit à Eudes : « Alors, on entre? » Eudes s'est gratté la tête et puis il m'a dit : « Attends-moi un petit moment. Je reviendrai te chercher. » Et puis Eudes est entré chez lui. Il avait laissé la porte entrouverte, alors j'ai entendu une claque, une grosse voix qui disait : « Au lit sans dessert, petit bon à rien » et Eudes qui pleurait. Je crois que pour ce qui est des yeux de son papa, Eudes n'a pas dû bien regarder.

Ce qui était embêtant, c'est que maintenant il fallait que je rentre chez moi. J'ai commencé à marcher en faisant attention de ne pas mettre les pieds sur les raies entre les pavés, c'était facile parce que je n'allais pas vite. Papa, je savais bien ce qu'il me dirait. Il me dirait que lui était toujours le premier de sa classe et que son papa à lui était très fier de mon papa à moi et qu'il ramenait de l'école des tas de tableaux d'honneur et de croix et qu'il aimerait me les montrer, mais qu'il les a perdus dans le déménagement quand il s'est marié. Et puis, papa me dirait que je n'arriverais à rien, que je serais pauvre et que les gens diraient ça c'est Nicolas, celui qui avait des mauvaises notes à l'école, et ils me montreraient du doigt et je les ferais rigoler. Après, papa me dirait qu'il se saignait aux quatre veines pour me donner une éducation soignée et pour que je sois armé pour la vie et que moi j'étais un ingrat et que je ne souffrais même pas de la peine que je faisais à mes pauvres parents et que je n'aurai pas de dessert et pour ce qui est du cinéma, on attendra le prochain carnet.

Il va me dire tout ça, mon papa, comme le mois dernier et le mois d'avant, mais moi, j'en ai assez. Je vais lui dire que je suis très malheureux, et puisque c'est comme ça, eh bien je vais quitter la maison et partir très loin et on me regrettera beaucoup et je ne reviendrai que dans des tas d'années et j'aurai beaucoup d'argent et papa aura honte de m'avoir dit que je n'arriverai à rien et les gens n'oseront pas me montrer du doigt pour rigoler et avec mon argent j'emmènerai papa et maman au cinéma et tout le monde dira : « Regardez, c'est Nicolas qui a des tas d'argent et le cinéma c'est lui qui le paie à son papa et à sa maman, même s'ils n'ont pas été très gentils avec lui » et au cinéma, j'emmènerai aussi la maîtresse et le directeur de l'école et je me suis trouvé devant chez moi.

En pensant à tout ça et me racontant des chouettes histoires, j'avais oublié mon carnet et j'avais marché très vite. J'ai eu une grosse boule dans la gorge et je me suis dit que peut-être il valait mieux partir tout de suite et ne revenir que dans des tas d'années, mais il commençait à faire nuit et maman n'aime pas que je sois dehors quand il est tard. Alors, je suis entré.

Dans le salon, papa était en train de parler avec maman. Il avait des tas de papiers sur la table devant lui et il n'avait pas l'air content. « C'est incroyable, disait papa, à voir ce que l'on dépense dans cette maison, on croirait que je suis un multi-millionnaire! Regarde-moi ces factures! Cette facture du boucher! Celle de l'épicier! Oh, bien sûr, l'argent c'est moi qui dois le trouver! » Maman n'était pas contente non plus et elle disait à papa qu'il n'avait aucune idée du coût de la vie et qu'un jour il devrait aller faire des courses avec elle et qu'elle retournerait chez sa mère et qu'il ne fallait pas discuter de cela devant l'enfant. Moi, alors, j'ai donné le carnet à papa. Papa, il a ouvert le carnet, il a signé et il me l'a rendu en disant : « L'enfant n'a rien à voir là-dedans. Tout ce que je demande, c'est que l'on m'explique pourquoi le gigot coûte ce prix-là! — Monte jouer dans ta chambre, Nicolas », m'a dit maman. « C'est ça, c'est ça », a dit papa.

Je suis monté dans ma chambre, je me suis couché sur le lit et je me suis mis à pleurer.

C'est vrai ça, si mon papa et ma maman m'aimaient, ils s'occuperaient un peu de moi!

Louisette

Je n'étais pas content quand maman m'a dit qu'une de ses amies viendrait prendre le thé avec sa petite fille. Moi, je n'aime pas les filles. C'est bête, ça ne sait pas jouer à autre chose qu'à la poupée et à la marchande et ça pleure tout le temps. Bien sûr, moi aussi je pleure quelquefois, mais c'est pour des

choses graves, comme la fois où le vase du salon s'est cassé et papa m'a grondé et ce n'était pas juste parce que je ne l'avais pas fait exprès et puis ce vase il était très laid et je sais bien que papa n'aime pas que je joue à la balle dans la maison, mais dehors il pleuvait.

« Tu seras bien gentil avec Louisette, m'a dit maman, c'est une charmante petite fille et je veux que tu lui montres que tu es bien élevé. »

Quand maman veut montrer que je suis bien élevé, elle m'habille avec le costume bleu et la chemise blanche et j'ai l'air d'un guignol. Moi j'ai dit à maman que j'aimerais mieux aller avec les copains au cinéma voir un film de cow-boys, mais maman elle m'a fait des yeux comme quand elle n'a pas envie de rigoler.

« Et je te prie de ne pas être brutal avec cette petite fille, sinon, tu auras affaire à moi, a dit maman, compris? » A quatre heures, l'amie de maman est venue avec sa petite fille. L'amie de maman m'a embrassé, elle m'a dit, comme tout le monde, que j'étais un grand garçon, elle m'a dit aussi : « Voilà Louisette. » Louisette et moi, on s'est regardés. Elle avait des cheveux jaunes, avec des nattes, des yeux bleus, un nez et une robe rouges. On s'est donné les doigts, très vite. Maman a servi le thé, et ça, c'était très bien, parce que, quand il y a du monde pour le thé, il y a des gâteaux au chocolat et on peut en reprendre deux fois. Pendant le goûter, Louisette et moi on n'a rien dit. On a mangé et on ne s'est pas regardés. Quand on a en fini, maman a dit : « Maintenant, les enfants, allez vous amuser. Nicolas, emmène Louisette dans ta chambre et montre-lui tes beaux

jouets. » Maman elle a dit ça avec un grand sourire, mais en même temps elle m'a fait des yeux, ceux avec lesquels il vaut mieux ne pas rigoler. Louisette et moi on est allés dans ma chambre, et là, je ne savais pas quoi lui dire. C'est Louisette qui a dit, elle a dit : « Tu as l'air d'un singe. » Ça ne m'a pas plu, ça, alors je lui ai répondu : « Et toi, tu n'es qu'une fille! » et elle m'a donné une gifle. J'avais bien envie de me mettre à pleurer, mais je me suis retenu, parce que maman voulait que je sois bien élevé, alors, j'ai tiré une des nattes de Louisette et elle m'a donné un coup de pied à la cheville. Là, il a fallu quand même que je fasse « ouille, ouille » parce que ça faisait mal. J'allais lui donner une gifle, quand Louisette a changé de conversation, elle m'a dit : « Alors, ces jouets, tu me les montres? » J'allais lui dire que c'était des jouets de garçon, quand elle a vu mon ours en peluche, celui

que j'avais rasé à moitié une fois avec le rasoir de papa. Je l'avais rasé à moitié seulement, parce que le rasoir de papa n'avait pas tenu le coup. « Tu joues à la poupée? » elle m'a demandé Louisette, et puis elle s'est mise à rire. J'allais lui tirer une natte et Louisette levait la main pour me la mettre sur la figure, quand la porte s'est ouverte et nos deux mamans sont entrées. « Alors, les enfants, a dit maman, vous vous amusez bien? — Oh, oui madame! » a dit Louisette avec des yeux tout ouverts et puis elle a fait bouger ses paupières très vite et maman l'a embrassée en disant : « Adorable, elle est adorable! C'est un vrai petit poussin! » et Louisette travaillait dur avec les paupières. « Montre tes beaux livres d'images à Louisette », m'a dit ma maman, et l'autre maman a dit que nous étions deux petits poussins et elles sont parties.

Moi, j'ai sorti mes livres du placard et je les ai donnés à Louisette, mais elle ne les a pas regardés et elle les a jetés par terre, même celui où il y a des tas d'Indiens et qui est terrible : « Ça ne m'intéresse pas tes livres, elle m'a dit, Louisette, t'as pas quelque chose de plus rigolo? » et puis elle a

regardé dans le placard et elle a vu mon avion, le
chouette, celui qui a un élastique, qui est rouge et
qui vole. « Laisse ça, j'ai dit, c'est pas pour les
filles, c'est mon avion ! » et j'ai essayé de le reprendre, mais Louisette s'est écartée. « Je suis l'invitée,
elle a dit, j'ai le droit de jouer avec tous tes jouets,
et si tu n'es pas d'accord, j'appelle ma maman et on
verra qui a raison ! » Moi, je ne savais pas quoi
faire, je ne voulais pas qu'elle le casse, mon avion,
mais je n'avais pas envie qu'elle appelle sa maman,
parce que ça ferait des histoires. Pendant que

j'étais là, à penser, Louisette a fait tourner l'hélice pour remonter l'élastique et puis elle a lâché l'avion. Elle l'a lâché par la fenêtre de ma chambre qui était ouverte, et l'avion est parti. « Regarde ce que tu as fait, j'ai crié. Mon avion est perdu ! » et je me suis mis à pleurer. « Il n'est pas perdu, ton avion, bêta, m'a dit Louisette, regarde, il est tombé dans le jardin, on n'a qu'à aller le chercher. »

Nous sommes descendus dans le salon et j'ai demandé à maman si on pouvait sortir jouer dans le jardin et maman a dit qu'il faisait trop froid, mais Louisette a fait le coup des paupières et elle a dit qu'elle voulait voir les jolies fleurs. Alors, ma maman a dit qu'elle était un adorable poussin et elle a dit de bien nous couvrir pour sortir. Il faudra que j'apprenne, pour les paupières, ça a l'air de marcher drôlement, ce truc !

Dans le jardin, j'ai ramassé l'avion, qui n'avait rien, heureusement, et Louisette m'a dit : « Qu'est-ce qu'on fait ? — Je ne sais pas, moi, je lui ai dit, tu voulais voir les fleurs, regarde-les, il y en a des tas par là. » Mais Louisette m'a dit qu'elle s'en moquait de mes fleurs et qu'elles étaient minables. J'avais bien envie de lui taper sur le nez, à Louisette, mais je n'ai pas osé, parce que la fenêtre du salon donne sur le jardin, et dans le salon il y avait les mamans. « Je n'ai pas de jouets, ici, sauf le ballon de football, dans le garage. » Louisette m'a dit que ça, c'était une bonne idée. On est allés chercher le ballon et moi j'étais très embêté, j'avais peur que les copains me voient jouer avec une fille. « Tu te mets entre les arbres, m'a dit Louisette, et tu essaies d'arrêter le ballon. »

Là, elle m'a fait rire, Louisette, et puis, elle a

pris de l'élan et, boum! un shoot terrible! La balle,
je n'ai pas pu l'arrêter, elle a cassé la vitre de la
fenêtre du garage.

Les mamans sont sorties de la maison en courant.
Ma maman a vu la fenêtre du garage et elle a compris tout de suite. « Nicolas! elle m'a dit, au lieu de
jouer à des jeux brutaux, tu ferais mieux de t'occu-
per de tes invités, surtout quand ils sont aussi
gentils que Louisette! » Moi, j'ai regardé Louisette, elle était plus loin, dans le jardin, en train de
sentir les bégonias.

Le soir, j'ai été privé de dessert, mais ça ne fait
rien, elle est chouette, Louisette, et quand on sera
grands, on se mariera.

Elle a un shoot terrible!

On a répété
pour le ministre

On nous a fait tous descendre dans la cour et le directeur est venu nous parler. « Mes chers enfants, il nous a dit, j'ai le grand plaisir de vous annoncer qu'à l'occasion de son passage dans notre ville Monsieur le Ministre va nous faire l'honneur de venir visiter cette école. Vous n'ignorez peut-être pas que Monsieur le Ministre est un ancien élève de l'école. Il est pour vous un exemple, un exemple qui prouve qu'en travaillant bien il est possible d'aspirer aux plus hautes destinées. Je tiens à ce que Monsieur le Ministre reçoive ici un accueil inoubliable et je compte sur vous pour m'aider dans ce but. » Et le directeur a envoyé Clotaire et Joachim au piquet parce qu'ils se battaient.

Après, le directeur a réuni tous les professeurs et les surveillants autour de lui et il leur a dit qu'il avait des idées terribles pour recevoir le ministre. Pour commencer, on allait tous chanter *La Marseillaise* et puis après, trois petits s'avanceraient avec des fleurs et ils donneraient les fleurs au ministre. C'est vrai qu'il a des chouettes idées le directeur et ce sera une bonne surprise pour le ministre de recevoir des fleurs, il ne s'y attend sûrement pas. Notre maîtresse a eu l'air inquiète, je me demande pourquoi. Je la trouve nerveuse, ces derniers temps, la maîtresse.

Le directeur a dit qu'on allait commencer la répétition tout de suite et là, on a été rudement contents, parce qu'on n'allait pas aller en classe. Mademoiselle Vanderblergue, qui est professeur de chant, nous a fait chanter *La Marseillaise*. Il paraît que ce n'était pas trop réussi, pourtant, on faisait un drôle de bruit. C'est vrai que nous, nous étions un peu en avance sur les grands. Eux, ils en étaient au jour de gloire qui est arrivé et nous, nous en étions déjà au deuxième étendard sanglant qui est levé, sauf Rufus qui ne connaît pas les paroles et qui faisait « lalala » et Alceste qui ne chantait pas parce qu'il était en train de manger un croissant. Mademoiselle Vanderblergue a fait des grands gestes avec les bras pour nous faire taire, mais au lieu de gronder les grands qui étaient en retard, elle nous a grondés nous qui avions gagné et ce n'est pas juste. Peut-être, ce qui a mis en colère mademoiselle Vanderblergue, c'est que Rufus, qui chante en fermant les yeux, n'avait pas vu qu'il fallait s'arrêter et il avait continué à faire « lalala ». Notre maîtresse a parlé au directeur et à mademoiselle Vanderblergue et puis le directeur nous a dit que seuls les grands chanteraient, les petits feraient semblant. On a essayé et ça a très bien marché, mais il y avait moins de bruit et le directeur a dit à Alceste que ce n'était pas la peine de faire des grimaces pareilles pour faire semblant de chanter et Alceste lui a répondu qu'il ne faisait pas semblant de chanter, qu'il

mâchait et le directeur a poussé un gros soupir.

« Bon, a dit le directeur, après *La Marseillaise*, on va faire avancer trois petits. » Le directeur nous a regardés et puis il a choisi Eudes, Agnan, qui est le premier de la classe et le chouchou de la maîtresse, et moi. « Dommage que ce ne soit pas des filles, a

dit le directeur, on pourrait les habiller en bleu, blanc et rouge, ou alors, ce qui se fait parfois, on leur met un nœud dans les cheveux, c'est du meilleur effet. » « Si on me met un nœud dans les cheveux, ça va fumer », a dit Eudes. Le directeur a tourné la tête très vite et il a regardé Eudes avec un œil tout grand et l'autre tout petit, à cause du sourcil qu'il avait mis dessus. « Qu'est-ce que tu as dit? » a demandé le directeur, alors notre maîtresse a dit très vite : « Rien, monsieur le directeur, il a toussé. — Mais non, mademoiselle, a dit Agnan, je l'ai entendu, il a dit... » Mais la maîtresse ne l'a pas laissé finir, elle lui a dit qu'elle ne lui avait rien demandé. « Exactement, sale cafard, a dit Eudes, on ne t'a pas sonné. » Agnan s'est mis à pleurer et à dire que personne ne l'aimait et qu'il était très malheureux et qu'il se sentait mal et qu'il allait en parler à son papa et qu'on allait voir ce qu'on allait voir et la maîtresse a dit à Eudes de ne pas parler sans avoir la permission et le directeur s'est passé la main sur la figure comme pour l'essuyer et il a demandé à la maîtresse si cette petite conversation était terminée et s'il pouvait continuer, la maîtresse elle est devenue toute rouge et ça lui allait très bien, elle est presque aussi jolie que maman, mais chez nous c'est plutôt papa qui devient rouge.

« Bien, a dit le directeur, ces trois enfants vont s'avancer vers Monsieur le Ministre et vont lui offrir des fleurs. Il me faut quelque chose qui ressemble à des bouquets de fleurs pour la répétition. » Le Bouillon, qui est le surveillant, a dit : « J'ai une idée, monsieur le directeur, je reviens tout de suite », et il est parti en courant et il est revenu avec trois plumeaux. Le directeur a eu l'air un peu surpris et puis il a dit que oui, après tout, pour la répétition, ça ferait l'affaire. Le Bouillon nous a donné un plumeau à chacun, à Eudes, à Agnan et à moi. « Bien, a dit le directeur, maintenant, les enfants, nous allons supposer que je suis Monsieur le Ministre, alors vous, vous vous avancez et vous me donnez les plumeaux. » Nous, on fait comme il avait dit, le directeur, et on lui a donné les plumeaux. Le directeur tenait les plumeaux dans les bras, quand tout d'un coup il s'est fâché. Il a regardé Geoffroy et il lui a dit : « Vous, là-bas ! Je vous ai vu rire. J'aimerais bien que vous nous disiez ce qu'il y a de tellement drôle, pour que nous puissions tous en profiter. — C'est ce que vous avez dit, m'sieu, a répondu Geoffroy, l'idée de mettre des nœuds dans les cheveux de Nicolas, Eudes et ce sale chouchou d'Agnan, c'est ça qui m'a fait rigoler ! — Tu veux un coup de poing sur le nez ? » a demandé Eudes. « Ouais », j'ai dit, et Geoffroy m'a donné une gifle. On a commencé à se battre et les autres copains s'y sont mis aussi, sauf Agnan qui se roulait par terre en criant qu'il n'était pas un sale chouchou et que personne ne l'aimait et que son papa se plaindrait au ministre. Le directeur agitait ses plumeaux et criait : « Arrêtez ! Mais arrêtez ! » Tout le monde courait partout, mademoiselle Vanderblergue s'est trouvée mal, c'était terrible.

Le lendemain, quand le ministre est venu, ça s'est bien passé, mais nous on ne l'a pas vu, parce qu'on nous avait mis dans la buanderie, et même si le ministre avait voulu nous voir il n'aurait pas pu parce que la porte était fermée à clef.

Il a de drôles d'idées, le directeur !

Je fume

J'étais dans le jardin et je ne faisais rien, quand est venu Alceste et il m'a demandé ce que je faisais et je lui ai répondu : « Rien. »

Alors, Alceste m'a dit : « Viens avec moi, j'ai quelque chose à te montrer, on va rigoler. » Moi, j'ai tout de suite suivi Alceste, on s'amuse bien tous les deux. Alceste, je ne sais pas si je vous l'ai dit, c'est un copain qui est très gros et qui mange tout le temps. Mais là, il ne mangeait pas, il avait la main dans la poche et, pendant que nous marchions dans la rue, il regardait derrière lui comme pour voir si on ne nous suivait pas. « Qu'est-ce que tu veux me montrer, Alceste? » j'ai demandé. « Pas encore », il m'a dit.

Enfin, quand on a tourné le coin de la rue, Alceste a sorti de sa poche un gros cigare. « Regarde, il m'a dit, et c'est un vrai, pas en chocolat! » Ça, qu'il n'était pas en chocolat, il n'avait pas besoin de me le dire, si le cigare avait été en chocolat, Alceste ne me l'aurait pas montré, il l'aurait mangé.

Moi, j'étais un peu déçu, Alceste m'avait dit

qu'on allait rigoler. « Et qu'est-ce qu'on va faire avec ce cigare? » j'ai demandé. « Cette question! m'a répondu Alceste, on va le fumer, pardi! » Je n'étais pas tellement sûr que ce soit une bonne idée de fumer le cigare, et puis, j'avais bien l'impression que ça ne plairait pas à maman et à papa, mais Alceste m'a demandé si mon papa et ma maman m'avaient défendu de fumer le cigare. J'ai réfléchi, et là, je dois dire que papa et maman m'ont défendu de faire des dessins sur les murs de ma chambre, de parler à table quand il y a des invités sans que je sois interrogé, de remplir la baignoire pour jouer avec mon bateau, de manger des gâteaux avant le dîner, de claquer les portes, de me mettre les doigts dans le nez et de dire des gros mots, mais, de fumer le cigare, ça, papa et maman ne me l'ont jamais défendu.

« Tu vois, m'a dit Alceste. De toute façon, pour qu'on n'ait pas d'histoires, nous allons nous cacher quelque part où nous pourrons fumer tranquillement. » Moi, j'ai proposé qu'on aille dans le terrain vague qui n'est pas loin de la maison. Papa, il n'y va jamais. Alceste a dit que c'était une bonne idée et nous allions déjà passer la palissade pour entrer dans le terrain vague, quand Alceste s'est frappé le front. « Tu as du feu? » il m'a demandé, je lui ai répondu que non. « Ben alors, a dit Alceste, comment on va faire pour le fumer, ce cigare? » J'ai proposé qu'on demande du feu à un monsieur dans la rue, je l'ai déjà vu faire à mon papa et c'est très amusant, parce que l'autre monsieur essaie toujours d'allumer son briquet et avec le vent il ne peut pas, alors il donne sa cigarette à papa et papa

appuie sa cigarette contre celle du monsieur et la
cigarette du monsieur est toute chiffonnée et le
monsieur n'est pas tellement content. Mais Alceste
m'a dit que j'étais tombé sur la tête et que jamais
un monsieur ne voudrait nous donner du feu parce
qu'on était trop petits. Dommage, ça m'aurait
amusé de chiffonner la cigarette d'un monsieur
avec notre gros cigare. « Et si on allait acheter des
allumettes chez un marchand de tabac? » j'ai dit.
« T'as des sous? » m'a demandé Alceste. Moi j'ai
dit qu'on pourrait se cotiser comme à la fin de
l'année, à l'école, pour acheter un cadeau à la
maîtresse. Alceste s'est fâché, il a dit que lui il
mettait le cigare, qu'il était juste que je paie les
allumettes. « Tu l'as payé, le cigare? » j'ai demandé.
« Non, m'a dit Alceste, je l'ai trouvé dans le tiroir
du bureau de mon papa, et, comme mon papa ne
fume pas le cigare, ça ne va pas le priver et il ne
verra jamais que le cigare n'est plus là. — Si t'as
pas payé le cigare, il n'y a pas de raison que je paie
les allumettes », j'ai dit. Finalement, j'ai accepté

d'acheter les allumettes, à condition qu'Alceste vienne avec moi dans le bureau de tabac, j'avais un peu peur d'y aller seul.

Nous sommes entrés dans le bureau de tabac et la dame nous a demandé : « Qu'est-ce que vous voulez, mes lapins? — Des allumettes » j'ai dit. « C'est pour nos papas », a dit Alceste, mais ça, ce n'était pas malin, parce que la dame s'est méfiée et elle a dit que nous ne devions pas jouer avec des allumettes, qu'elle ne voulait pas nous en vendre et que nous étions des petits garnements. Moi, j'aimais mieux avant, quand Alceste et moi on était des lapins.

Nous sommes sortis du bureau de tabac et nous étions bien embêtés. C'est difficile de fumer le cigare, quand on est petit! « Moi j'ai un cousin qui est boy-scout, m'a dit Alceste. Il paraît qu'on lui a appris à faire du feu en frottant des bouts de bois. Si on était boy-scouts, on saurait comment faire pour fumer le cigare. » Je ne savais pas qu'on apprenait ces choses-là, chez les boy-scouts, mais il ne faut pas croire tout ce que raconte Alceste. Moi, je n'ai jamais vu de boy-scout fumer le cigare.

« J'en ai assez de ton cigare, j'ai dit à Alceste, je rentre chez moi. — Oui, a dit Alceste, d'ailleurs je commence à avoir faim et je ne veux pas être en retard pour le goûter, il y a du baba. » Et, tout d'un coup, on a vu par terre, sur le trottoir, une boîte d'allumettes! Vite, on l'a ramassée et on a vu qu'il restait une allumette dedans. Alceste était tellement nerveux qu'il en a oublié son baba. Et pour qu'Alceste oublie un baba, il faut qu'il soit drôlement nerveux! « Allons vite dans le terrain vague! » a crié Alceste.

Nous avons couru et nous avons passé la palissade, là où il manque une planche. Il est chouette le terrain vague, nous y allons souvent, pour jouer. Il y a de tout, là-bas : de l'herbe, de la boue, des pavés, des vieilles caisses, des boîtes de conserve, des chats et surtout, surtout, une auto! C'est une vieille auto, bien sûr, elle n'a plus de roues, ni de moteur, ni de portes, mais nous, on s'amuse bien là-dedans, on fait vrom, vrom et on joue aussi à l'autobus, ding, ding, fin de section, complet. C'est terrible!

« Nous allons fumer dans l'auto », a dit Alceste. Nous y sommes entrés et, quand nous nous sommes assis, les ressorts dans les fauteuils ont fait un drôle de bruit, comme le fauteuil de pépé, chez mémé, que mémé ne veut pas faire arranger parce qu'il lui rappelle pépé.

Alceste a mordu le bout du cigare et il l'a craché. Il m'a dit qu'il avait vu faire ça dans un film de bandits. Et puis, on a fait bien attention de ne pas

gâcher l'allumette et tout s'est bien passé. Alceste,
comme le cigare était à lui, c'était lui qui commençait, aspirait en faisant des tas de bruit et il y avait
beaucoup de fumée. Le premier coup, ça l'a surpris,
Alceste, ça l'a fait tousser et il m'a passé le cigare.
J'ai aspiré, moi aussi, et, je dois dire que je n'ai
pas trouvé ça tellement bon et ça m'a fait tousser,
aussi. « Tu ne sais pas, m'a dit Alceste, regarde!
La fumée par le nez! » Et Alceste a pris le cigare et
il a essayé de faire passer la fumée par son nez, et
ça, ça l'a rudement fait tousser. Moi, j'ai essayé à
mon tour et j'ai mieux réussi, mais la fumée m'a
fait piquer les yeux. On rigolait bien.

On était là à se passer le cigare, quand Alceste
m'a dit : « Ça me fait tout chose, je n'ai plus
faim. » Il était vert, Alceste, et puis, tout d'un coup,
il a été drôlement malade. Le cigare, on l'a jeté,
moi, j'avais la tête qui me tournait et j'avais un peu

101

envie de pleurer. « Je rentre chez ma maman », a dit Alceste et il est parti en se tenant le ventre. Je crois qu'il ne mangera pas de baba ce soir.

Je suis rentré à la maison, aussi. Ça n'allait pas très fort. Papa était assis dans le salon en fumant sa pipe, maman tricotait et moi j'ai été malade. Maman était très inquiète, elle m'a demandé ce que j'avais, je lui ai dit que c'était la fumée, mais je n'ai pas pu continuer à lui expliquer le coup du cigare, parce que j'ai encore été malade. « Tu vois, a dit maman à papa, je t'ai toujours dit que cette pipe empestait! » Et, à la maison, depuis que j'ai fumé le cigare, papa n'a plus le droit de fumer la pipe.

Le petit poucet

La maîtresse nous a expliqué que le directeur de l'école allait partir, il prenait sa retraite. Pour fêter ça, on prépare des choses terribles, à l'école, on va faire comme pour la distribution des prix : les papas et les mamans viendront, on mettra des chaises dans la grande classe, des fauteuils pour le directeur et les professeurs, des guirlandes et une estrade pour faire la représentation. Les comiques, comme d'habitude, ça va être nous, les élèves.

Chaque classe prépare quelque chose. Les grands vont faire la gymnastique, ils se mettent tous les uns sur les autres et celui qui est le plus haut, il agite un petit drapeau et tout le monde applaudit. Ils ont fait ça, l'année dernière, pour la distribution des prix et c'était très chouette, même si à la fin ça a un peu raté pour le drapeau, parce qu'ils sont tombés avant de l'agiter. La classe au-dessus de la nôtre va danser. Ils seront tous habillés en paysans, avec des sabots. Ils se mettront en rond, taperont sur l'estrade avec les sabots, mais au lieu d'agiter un drapeau, ils agiteront des mouchoirs en criant « youp-là! » Eux aussi, ils ont fait ça l'année der-

nière, c'était moins bien que la gymnastique, mais ils ne sont pas tombés. Il y a une classe qui va chanter Frère Jacques et un ancien élève qui va réciter un compliment et nous dire que c'est parce que le directeur lui a donné de bons conseils qu'il est devenu un homme et secrétaire à la mairie.

Nous, ça va être formidable! La maîtresse nous a dit que nous allions jouer une pièce! Une pièce comme dans les théâtres et dans la télévision de Clotaire, parce que papa n'a pas voulu encore en acheter une.

La pièce s'appelle Le Petit Poucet et le Chat Botté, et aujourd'hui, en classe, nous faisons la

première répétition, la maîtresse doit nous dire quels rôles on va jouer. Geoffroy, à tout hasard, est venu habillé en cow-boy, son papa est très riche et il lui achète des tas de choses, mais la maîtresse n'a pas tellement aimé le déguisement de Geoffroy. « Je t'ai déjà prévenu, Geoffroy, elle lui a dit, que je n'aime pas te voir venir à l'école déguisé. D'ailleurs, il n'y a pas de cow-boys dans cette pièce. — Pas de cow-boys? a demandé Geoffroy, et vous appelez ça une pièce? Ça va être rien moche! » et la maîtresse l'a mis au piquet.

L'histoire de la pièce est très compliquée et je n'ai pas très bien compris quand la maîtresse nous l'a racontée. Je sais qu'il y a le Petit Poucet qui cherche ses frères et il rencontre le Chat Botté et il y a le marquis de Carabas et un ogre qui veut manger les frères du Petit Poucet et le Chat Botté aide le Petit Poucet et l'ogre est vaincu et il devient gentil et je crois qu'à la fin il ne mange pas les frères du Petit Poucet et tout le monde est content et ils mangent autre chose.

« Voyons, a dit la maîtresse, qui va jouer le rôle du Petit Poucet? — Moi, mademoiselle, a dit Agnan. C'est le rôle principal et je suis le premier de la classe! » C'est vrai qu'Agnan est le premier de la classe, c'est aussi le chouchou et un mauvais camarade qui pleure tout le temps et qui porte des lunettes et on ne peut pas lui taper dessus à cause d'elles. « T'as une tête à jouer le Petit Poucet, comme moi à faire de la dentelle! » a dit Eudes, un copain, et Agnan s'est mis à pleurer et la maîtresse a mis Eudes au piquet, à côté de Geoffroy.

« Il me faut un ogre, maintenant, a dit la maîtresse, un ogre qui a envie de manger le Petit

Poucet! » Moi, j'ai proposé que l'ogre soit Alceste, parce qu'il est très gros et il mange tout le temps. Mais Alceste n'était pas d'accord, il a regardé Agnan et il a dit : « Je ne mange pas de ça, moi! » C'est la première fois que je lui vois l'air dégoûté, à Alceste, c'est vrai que l'idée de manger Agnan, ce n'est pas tellement appétissant. Agnan s'est vexé qu'on ne veuille pas le manger. « Si tu ne retires pas ce que tu as dit, a crié Agnan, je me plaindrai à mes parents et je te ferai renvoyer de l'école! — Silence! a crié la maîtresse. Alceste, tu feras la foule des villageois et puis aussi, tu seras le souffleur, pour aider tes camarades pendant la représentation. » L'idée de souffler aux copains, comme quand ils sont au tableau, ça l'a amusé, Alceste, il a pris un biscuit dans sa poche, se l'est mis dans la bouche et il a dit : « D'ac! — En voilà une façon de s'exprimer, a crié la maîtresse, veux-tu parler correctement! — D'ac, mademoiselle », a corrigé Alceste et la maîtresse a poussé un gros soupir, elle a l'air fatiguée, ces jours-ci.

Pour le Chat Botté, la maîtresse avait d'abord choisi Maixent. Elle lui avait dit qu'il aurait un beau costume, une épée, des moustaches et une queue. Maixent était d'accord pour le beau costume, les moustaches et surtout l'épée, mais il ne voulait rien savoir pour la queue. « J'aurai l'air d'un singe », il a dit. « Ben quoi, a dit Joachim, tu seras naturel! » et Maixent lui a donné un coup de pied, Joachim lui a rendu une gifle, la maîtresse les a mis tous les deux au piquet et elle m'a dit que le Chat Botté ce serait moi et que si ça ne me plaisait pas c'était le même prix, parce qu'elle commençait à en avoir assez de cette bande de garnements et elle plaignait beaucoup nos parents d'avoir à nous élever et que si ça continuait comme ça on finirait au bagne et elle plaignait les gardiens.

Après avoir choisi Rufus pour faire l'ogre et Clotaire le marquis de Carabas, la maîtresse nous a donné des feuilles écrites à la machine, où il y avait ce que nous avions à dire. La maîtresse a vu qu'il y avait des tas d'acteurs au piquet, alors, elle leur a dit de revenir pour aider Alceste à faire la foule des villageois. Alceste n'était pas content, il voulait faire la foule tout seul, mais la maîtresse lui a dit de se taire. « Bon, a dit la maîtresse, on va commencer, lisez bien vos rôles. Agnan, voilà ce que tu vas faire : tu arrives ici, tu es désespéré, c'est la forêt, tu cherches tes frères et tu te trouves devant Nicolas, le Chat Botté. Vous autres, la foule, vous dites, tous ensemble : mais, c'est le Petit Poucet et le Chat Botté! Allons-y. »

Nous nous sommes mis devant le tableau noir. Moi, j'avais une règle à ma ceinture pour faire semblant que c'était l'épée et Agnan a commencé à lire son rôle. « Mes frères, il a dit, où sont mes pauvres frères! — Mes frères, a crié Alceste, où sont mes pauvres frères! — Mais enfin, Alceste, que fais-tu? » a demandé la maîtresse. « Ben quoi, a répondu Alceste, je suis le souffleur, alors, je souffle! — Mademoiselle, a dit Agnan, quand Alceste souffle, il m'envoie des miettes de biscuit sur mes lunettes et je n'y vois plus rien! Je me plaindrai à mes parents! » Et Agnan a enlevé ses lunettes pour les essuyer, alors, Alceste en a vite profité et il lui a donné une gifle. « Sur le nez! a crié Eudes, tape sur le nez! » Agnan s'est mis à crier et à pleurer. Il a dit qu'il était malheureux et qu'on voulait le tuer et il s'est roulé par terre. Maixent, Joachim et Geoffroy ont commencé à faire la foule : « Mais c'est le Petit Poucet, ils disaient, et le Chat Botté! » Moi je me battais avec Rufus. J'avais la règle et lui un plumier. La répétition marchait drôlement bien, quand tout d'un coup, la maîtresse a crié : « Assez! A vos places! Vous ne jouerez pas cette pièce pendant la fête. Je ne veux pas que monsieur le Directeur voie ça! » Nous sommes tous restés la bouche ouverte.

C'était la première fois que nous entendions la maîtresse punir le directeur!

Le vélo

Papa ne voulait pas m'acheter de vélo. Il disait toujours que les enfants sont très imprudents et qu'ils veulent faire des acrobaties et qu'ils cassent leurs vélos et qu'ils se font mal. Moi, je disais à papa que je serais prudent et puis je pleurais et puis je boudais et puis je disais que j'allais quitter la maison, et, enfin, papa a dit que j'aurais un vélo si j'étais parmi les dix premiers à la composition d'arithmétique.

C'est pour ça que j'étais tout content hier en rentrant de l'école, parce que j'étais dixième à la composition. Papa, quand il l'a su, il a ouvert des grands yeux et il a dit : « Ça alors, eh ben ça alors » et maman m'a embrassé et elle m'a dit que papa m'achèterait tout de suite un beau vélo et que c'était très bien d'avoir réussi ma composition d'arithmétique. Il faut dire que j'ai eu de la chance, parce qu'on n'était que onze pour faire la composition, tous les autres copains avaient la grippe et le onzième c'était Clotaire qui est toujours le dernier mais lui ce n'est pas grave parce qu'il a déjà un vélo.

Aujourd'hui, quand je suis arrivé à la maison, j'ai vu papa et maman qui m'attendaient dans le jardin avec des gros sourires sur la bouche.

« Nous avons une surprise pour notre grand garçon! » a dit maman et elle avait des yeux qui rigolaient, et papa est allé dans le garage et il a ramené, vous ne le devinerez pas : un vélo! Un vélo rouge et argent qui brillait, avec une lampe et une sonnette. Terrible! Moi, je me suis mis à courir et puis, j'ai embrassé maman, j'ai embrassé papa et j'ai embrassé le vélo. « Il faudra me promettre d'être prudent, a dit papa, et de ne pas faire d'acrobaties! » J'ai promis, alors maman m'a embrassé, elle m'a dit que j'étais son grand garçon à elle et qu'elle allait préparer une crème au chocolat pour le dessert et elle est rentrée dans la maison. Ma maman et mon papa sont les plus chouettes du monde!

Papa, il est resté avec moi dans le jardin. « Tu sais, il m'a dit, que j'étais un drôle de champion cycliste et que si je n'avais pas connu ta mère, je serais peut-être passé professionnel? » Ça, je ne le savais pas. Je savais que papa avait été un champion terrible de football, de rugby, de natation et de boxe, mais pour le vélo, c'était nouveau. « Je vais te montrer », a dit papa, et il s'est assis sur mon vélo et il a commencé à tourner dans le jardin. Bien sûr, le vélo était trop petit pour papa et il avait du mal avec ses genoux qui lui remontaient jusqu'à la figure, mais il se débrouillait.

« C'est un des spectacles les plus grotesques auxquels il m'ait été donné d'assister depuis la dernière fois que je t'ai vu! » Celui qui avait parlé c'était monsieur Blédurt, qui regardait par-dessus la haie

du jardin. Monsieur Blédurt c'est notre voisin, qui aime bien taquiner papa. « Tais-toi, lui a répondu papa, tu n'y connais rien au vélo ! — Quoi ? a crié monsieur Blédurt, sache, pauvre ignorant, que j'étais champion interrégional amateur et que je serais passé professionnel si je n'avais pas connu ma femme ! » Papa s'est mis à rire. « Champion, toi ? il a dit, papa. Ne me fais pas rire, tu sais à peine te tenir sur un tricycle ! » Ça, ça ne lui a pas plu à monsieur Blédurt. « Tu vas voir », il a dit et il a sauté par-dessus la haie. « Passe-moi ce vélo », il a dit monsieur Blédurt en mettant la main sur le guidon, mais papa refusait de lâcher le vélo. « On ne t'a pas fait signe, Blédurt, a dit papa, rentre dans ta tanière ! — Tu as peur que je te fasse honte devant ton malheureux enfant ? » a demandé monsieur Blédurt. « Tais-toi, tiens, tu me fais de la peine, voilà ce que tu me fais ! » a dit papa, il a arraché le guidon des mains de monsieur Blédurt et il a recommencé à tourner dans le jardin. « Grotesque ! » a dit monsieur Blédurt, « Ces paroles d'envie ne m'atteignent pas », a répondu papa.

Moi, je courais derrière papa et je lui ai demandé si je pourrais faire un tour sur mon vélo, mais il ne m'écoutait pas, parce que monsieur Blédurt s'est

mis à rigoler en regardant papa et papa a dérapé
sur les bégonias. « Qu'est-ce que tu as à rire bête-
ment? » a demandé papa. « Je peux faire un tour,
maintenant? » j'ai dit. « Je ris parce que ça
m'amuse de rire! » a dit monsieur Blédurt. « C'est
mon vélo, après tout », j'ai dit. « Tu es complètement idiot, mon pauvre Blédurt », a dit papa. « Ah
oui? » a demandé monsieur Blédurt. « Oui! » a
répondu papa. Alors, monsieur Blédurt s'est
approché de papa et il a poussé papa qui est tombé
avec mon vélo dans les bégonias. « Mon vélo! » j'ai
crié. Papa s'est levé et il a poussé monsieur Blédurt
qui est tombé à son tour en disant : « Non mais,
essaie un peu! »

Quand ils ont cessé de se pousser l'un l'autre,
monsieur Blédurt a dit : « J'ai une idée, je te fais
une course contre la montre autour du pâté de
maisons, on verra lequel de nous deux est le plus
fort! — Pas question, a répondu papa, je t'interdis
de monter sur le vélo de Nicolas! D'ailleurs, gros
comme tu l'es, tu le casserais, le vélo. — Dégonflé! » a dit monsieur Blédurt. « Dégonflé? moi? a

crié papa, tu vas voir! » Papa a pris le vélo et il est
sorti sur le trottoir. Monsieur Blédurt et moi nous
l'avons suivi. Moi, je commençais à en avoir assez
et puis je ne m'étais même pas assis sur le vélo!
« Voilà, a dit papa, on fait chacun un tour du pâté
de maisons et on chronomètre, le gagnant est pro-
clamé champion. Ce n'est d'ailleurs qu'une forma-
lité, pour moi, c'est gagné d'avance! — Je suis
heureux que tu reconnaisses ta défaite », a dit
monsieur Blédurt. « Et moi, qu'est-ce que je fais? »
j'ai demandé. Papa s'est retourné vers moi, tout
surpris, comme s'il avait oublié que j'étais là.
« Toi? il m'a dit papa, toi? Eh bien, toi, tu seras
le chronométreur. Monsieur Blédurt va te donner
sa montre. » Mais monsieur Blédurt ne voulait pas
la donner, sa montre, parce qu'il disait que les
enfants ça cassait tout, alors papa lui a dit qu'il
était radin et il m'a donné sa montre à lui qui est
chouette avec une grande aiguille qui va très vite
mais moi j'aurais préféré mon vélo.

Papa et monsieur Blédurt ont tiré au sort et c'est
monsieur Blédurt qui est parti le premier. Comme

c'est vrai qu'il est assez gros, on ne voyait presque pas le vélo et les gens qui passaient dans la rue se retournaient en rigolant pour le regarder, monsieur Blédurt. Il n'allait pas très vite et puis, il a tourné le coin et il a disparu. Quand on l'a vu revenir par l'autre coin, monsieur Blédurt était tout rouge, il tirait la langue et il faisait des tas de zigzags. « Combien? » il a demandé quand il est arrivé devant moi. « Neuf minutes et la grande aiguille entre le cinq et le six », j'ai répondu. Papa s'est mis à rigoler. « Ben mon vieux, il a dit, avec toi, le Tour de France ça durerait six mois! — Plutôt que de te livrer à des plaisanteries infantiles, a répondu monsieur Blédurt qui avait du mal à respirer, essaie de faire mieux! » Papa a pris le vélo et il est parti.

Monsieur Blédurt qui reprenait sa respiration et moi qui regardais la montre, on attendait. Moi, je voulais que papa gagne, bien sûr, mais la montre avançait et on a vu neuf minutes et puis après, dix minutes. « J'ai gagné! Je suis le champion! » a crié monsieur Blédurt.

A quinze minutes, on ne voyait toujours pas revenir papa. « C'est curieux, a dit monsieur Blédurt, on devrait aller voir ce qui s'est passé. » Et

puis, on a vu papa qui arrivait. Il arrivait à pied. Il avait le pantalon déchiré, il avait son mouchoir sur le nez et il tenait le vélo à la main. Le vélo qui avait le guidon de travers, la roue toute tordue et la lampe cassée. « Je suis rentré dans une poubelle », a dit papa.

Le lendemain, j'en ai parlé pendant la récré à Clotaire. Il m'a dit qu'il lui était arrivé à peu près la même chose avec son premier vélo.

« Qu'est-ce que tu veux, il m'a dit, Clotaire, les papas, c'est toujours pareil, ils font les guignols, et, si on ne fait pas attention, ils cassent les vélos et ils se font mal. »

Je suis malade

Je me sentais très bien hier, la preuve, j'ai mangé des tas de caramels, de bonbons, de gâteaux, de frites et de glaces, et, dans la nuit, je me demande pourquoi, comme ça, j'ai été très malade.

Le docteur est venu ce matin. Quand il est entré dans ma chambre, j'ai pleuré, mais plus par habitude que pour autre chose, parce que je le connais bien, le docteur, et il est rudement gentil. Et puis ça me plaît quand il met la tête sur ma poitrine, parce qu'il est tout chauve et je vois son crâne qui brille juste sous mon nez et c'est amusant. Le docteur n'est pas resté longtemps, il m'a donné une petite tape sur la joue et il a dit à maman : « Mettez-le à la diète et surtout, qu'il reste couché, qu'il se repose. » Et il est parti.

Maman m'a dit : « Tu as entendu ce qu'a dit le docteur. J'espère que tu vas être très sage et très obéissant. » Moi, j'ai dit à maman qu'elle pouvait être tranquille. C'est vrai, j'aime beaucoup ma maman et je lui obéis toujours. Il vaut mieux, parce que, sinon, ça fait des histoires.

J'ai pris un livre et j'ai commencé à lire, c'était

chouette avec des images partout et ça parlait d'un petit ours qui se perdait dans la forêt où il y avait des chasseurs. Moi j'aime mieux les histoires de cow-boys, mais tante Pulchérie, à tous mes anniversaires, me donne des livres pleins de petits ours, de petits lapins, de petits chats, de toutes sortes de petites bêtes. Elle doit aimer ça, tante Pulchérie.

J'étais en train de lire, là où le méchant loup allait manger le petit ours, quand maman est entrée suivie d'Alceste. Alceste c'est mon copain, celui qui est très gros et qui mange tout le temps. « Regarde, Nicolas, m'a dit maman, ton petit ami Alceste est venu te rendre visite, n'est-ce pas gentil? — Bonjour, Alceste, j'ai dit, c'est chouette d'être venu. » Maman a commencé à me dire qu'il ne fallait pas dire « chouette » tout le temps, quand elle a vu la boîte qu'Alceste avait sous le bras. « Que portes-tu là, Alceste? » elle a demandé. « Des chocolats », a répondu Alceste. Maman, alors, a dit à Alceste qu'il était très gentil, mais qu'elle ne voulait pas qu'il me donne les chocolats, parce que j'étais à la diète. Alceste a dit à maman qu'il ne pensait pas me donner les chocolats, qu'il les avait apportés pour les manger lui-même et que si je voulais des chocolats, je n'avais qu'à aller m'en acheter, non mais sans blague. Maman a regardé Alceste, un peu étonnée, elle a soupiré et puis· elle est sortie en nous disant d'être sages. Alceste s'est assis à côté de mon lit et il me regardait sans rien dire, en mangeant ses chocolats. Ça me faisait drôlement envie. « Alceste, j'ai dit, tu m'en donnes de tes chocolats? — T'es pas malade? » m'a répondu Alceste. « Alceste, t'es pas chouette », je lui ai dit. Alceste m'a dit qu'il ne

fallait pas dire « chouette » et il s'est mis deux chocolats dans la bouche, alors on s'est battus.

Maman est arrivée en courant et elle n'était pas contente. Elle nous a séparés, elle nous a grondés, et puis, elle a dit à Alceste de partir. Moi, ça m'embêtait de voir partir Alceste, on s'amusait bien, tous les deux, mais j'ai compris qu'il valait mieux ne pas discuter avec maman, elle n'avait vraiment pas l'air de rigoler. Alceste m'a serré la main, il m'a dit à bientôt et il est parti. Je l'aime bien, Alceste, c'est un copain.

Maman, quand elle a regardé mon lit, elle s'est mise à crier. Il faut dire qu'en nous battant, Alceste et moi, on a écrasé quelques chocolats sur les draps, il y en avait aussi sur mon pyjama et dans mes cheveux. Maman m'a dit que j'étais insupportable et elle a changé les draps, elle m'a emmené

à la salle de bains, où elle m'a frotté avec une éponge et de l'eau de Cologne et elle m'a mis un pyjama propre, le bleu à rayures. Après, maman m'a couché et elle m'a dit de ne plus la déranger. Je suis resté seul et je me suis remis à mon livre, celui avec le petit ours. Le vilain loup, il ne l'avait pas eu, le petit ours, parce qu'un chasseur avait battu le loup, mais maintenant, c'était un lion qui voulait manger le petit ours et le petit ours, il ne voyait pas le lion, parce qu'il était en train de manger du miel. Tout ça, ça me donnait de plus en plus faim. J'ai pensé à appeler maman, mais je n'ai pas voulu me faire gronder, elle m'avait dit de ne pas la déranger, alors je me suis levé pour aller voir s'il n'y aurait pas quelque chose de bon dans la glacière.

Il y avait des tas de bonnes choses, dans la glacière. On mange très bien à la maison. J'ai pris dans mes bras une cuisse de poulet, c'est bon froid, du gâteau à la crème et une bouteille de lait. « Nicolas! » j'ai entendu crier derrière moi. J'ai eu très peur et j'ai tout lâché. C'était maman qui était entrée dans la cuisine et qui ne s'attendait sans doute pas à me trouver là. J'ai pleuré, à tout hasard, parce que maman avait l'air fâchée comme tout. Alors, maman n'a rien dit, elle m'a emmené dans la salle de bains, elle m'a frotté avec l'éponge et l'eau de Cologne et elle m'a changé de pyjama, parce que, sur celui que je portais, le lait et le gâteau à la crème avaient fait des éclaboussures. Maman m'a mis le pyjama rouge à carreaux et elle m'a envoyé coucher en vitesse, parce qu'il fallait qu'elle nettoie la cuisine.

De retour dans mon lit, je n'ai pas voulu reprendre le livre avec le petit ours que tout le monde voulait manger. J'en avais assez de cette espèce d'ours qui me faisait faire des bêtises. Mais ça ne m'amusait pas de rester comme ça, sans rien faire, alors, j'ai décidé de dessiner. Je suis allé chercher tout ce qu'il me fallait dans le bureau de papa. Je n'ai pas voulu prendre les belles feuilles de papier blanc avec le nom de papa écrit en lettres brillantes dans le coin, parce que je me serais fait gronder, j'ai préféré prendre des papiers où il y avait des choses écrites d'un côté et qui ne servaient sûrement plus. J'ai pris aussi le vieux stylo de papa, celui qui ne risque plus rien.

Vite, vite, vite, je suis rentré dans ma chambre et je me suis couché. J'ai commencé à dessiner des trucs formidables : des bateaux de guerre qui se battaient à coups de canon contre des avions qui

explosaient dans le ciel, des châteaux forts avec
des tas de monde qui attaquaient et des tas de
monde qui leur jetaient des choses sur la tête pour
les empêcher d'attaquer. Comme je ne faisais pas
de bruit depuis un moment, maman est venue voir
ce qui se passait. Elle s'est mise à crier de nouveau.
Il faut dire que le stylo de papa perd un peu
d'encre, c'est pour ça d'ailleurs que papa ne s'en
sert plus. C'est très pratique pour dessiner les
explosions, mais je me suis mis de l'encre partout
et aussi sur les draps et le couvre-lit. Maman était
fâchée et ça ne lui a pas plu les papiers sur lesquels
je dessinais, parce qu'il paraît que ce qui était
écrit de l'autre côté du dessin, c'était des choses
importantes pour papa.

Maman m'a fait lever, elle a changé les draps
du lit, elle m'a emmené dans la salle de bains, elle

m'a frotté avec une pierre ponce, l'éponge et ce qui restait au fond de la bouteille d'eau de Cologne et elle m'a mis une vieille chemise de papa à la place de mon pyjama, parce que, de pyjama propre, je n'en avais plus.

Le soir, le docteur est venu mettre sa tête sur ma poitrine, je lui ai tiré la langue, il m'a donné une petite tape sur la joue et il m'a dit que j'étais guéri et que je pouvais me lever.

Mais on n'a vraiment pas de chance avec les maladies, à la maison, aujourd'hui. Le docteur a trouvé que maman avait mauvaise mine et il lui a dit de se coucher et de se mettre à la diète.

On a bien rigolé

Cet après-midi, en allant à l'école, j'ai rencontré Alceste qui m'a dit : « Si on n'allait pas à l'école ? » Moi, je lui ai dit que ce n'était pas bien de ne pas aller à l'école, que la maîtresse ne serait pas contente, que mon papa m'avait dit qu'il fallait travailler si on voulait arriver dans la vie et devenir aviateur, que ça ferait de la peine à maman et que ce n'était pas beau de mentir. Alceste m'a répondu que cet après-midi on avait arithmétique, alors j'ai dit « bon » et nous ne sommes pas allés à l'école.

Au lieu d'aller dans la direction de l'école, nous sommes partis en courant dans l'autre sens. Alceste, il s'est mis à souffler et il n'arrivait pas à me suivre. Il faut vous dire qu'Alceste c'est un gros qui mange tout le temps, alors, bien sûr, ça le gêne pour courir, surtout que moi, je suis très fort pour le quarante mètres, qui est la longueur de la cour de l'école. « Dépêche-toi, Alceste », j'ai dit. « Je ne peux plus », m'a répondu Alceste, il a fait des tas de « pouf-poufs » et puis il s'est arrêté. Alors moi, je lui ai dit qu'il valait mieux ne pas rester là, parce

que, sinon, nos papas et nos mamans risquaient de nous voir et nous priveraient de dessert et puis qu'il y avait des inspecteurs de l'école et ils nous emmèneraient au cachot et on nous donnerait à manger du pain et de l'eau. Quand il a entendu ça, Alceste, ça lui a donné un drôle de courage et il s'est mis à courir tellement vite, que je n'arrivais pas à le rattraper.

On s'est arrêtés très loin, bien après l'épicerie de monsieur Compani qui est très gentil et chez qui maman achète la confiture de fraises qui est chouette parce qu'il n'y a pas de pépins, ce n'est pas comme les abricots. « Ici, on est tranquilles », a dit Alceste, et il a sorti des biscuits de sa poche et il a commencé à les manger, parce que, il m'a dit, de courir tout de suite après le déjeuner, ça lui avait donné faim.

« Tu as eu une bonne idée, Alceste, j'ai dit, quand je pense aux copains qui sont à l'école en train de faire de l'arithmétique, j'ai envie de rigoler ! — Moi aussi », a dit Alceste et nous avons rigolé. Quand on a eu fini de rigoler, j'ai demandé à Alceste ce qu'on

allait faire. « Je ne sais pas, moi, a dit Alceste, on pourrait aller au cinéma. » Ça aussi, c'était une drôlement bonne idée, mais on n'avait pas de sous. Dans nos poches, on a trouvé de la ficelle, des billes, deux élastiques et des miettes. Les miettes on ne les a pas gardées, parce qu'elles étaient dans la poche d'Alceste et il les a mangées. « Peuh, j'ai dit, ça ne fait rien, même sans cinéma, les autres voudraient bien être avec nous! — Ouais, a dit Alceste, après tout, je n'avais pas tellement envie d'aller voir la Revanche du Shérif. — Ouais, j'ai dit, ce n'est qu'un film de cow-boys. » Et on est passés devant le cinéma pour regarder les images. Il y avait un dessin animé aussi.

« Si on allait au square, j'ai dit, on pourrait faire une balle avec du papier et on pourrait s'entraîner. » Alceste m'a répondu que ce n'était pas bête, mais qu'au square il y avait le gardien et que, s'il nous voyait, il nous demanderait pourquoi on n'est pas à l'école et qu'il nous emmènerait au cachot et qu'il nous ferait le coup du pain et de l'eau. Rien que d'y penser, ça lui a donné faim à Alceste et il a sorti un sandwich au fromage de son cartable. On a continué à marcher dans la rue et quand Alceste a fini son sandwich, il m'a dit : « Les autres, à l'école, ils ne rigolent pas! — C'est vrai, j'ai dit, et puis, de toute façon, il est trop tard pour y aller, on serait punis. »

On a regardé des vitrines. Alceste m'a expliqué celle de la charcuterie et puis on a fait des grimaces devant celle de la parfumerie où il y a des glaces, mais on est partis, parce qu'on s'est aperçu que les gens dans le magasin nous regardaient et qu'ils avaient l'air étonnés. Dans la vitrine de l'horloger on a vu l'heure et c'était encore très tôt. « Chouette, j'ai dit, on a encore le temps de rigoler avant de rentrer à la maison. » Comme on était fatigués de marcher, Alceste m'a proposé d'aller dans le terrain vague, là-bas, il n'y a personne et on peut s'asseoir par terre. Il est très bien, le terrain vague, et on a commencé à s'amuser en jetant des pierres contre les boîtes de conserves. Et puis, on en a eu assez des pierres, alors, on s'est assis et Alceste a commencé à manger un sandwich au jambon, le dernier de son cartable. « A l'école, il a dit, Alceste, ils doivent être en plein dans les problèmes. — Non, j'ai dit, à l'heure qu'il est, ça doit être la récré. — Peuh, tu trouves ça amusant, la récré ? » il m'a demandé Alceste. « Peuh ! » je lui ai répondu et puis je me suis mis à pleurer. C'est vrai, ça, à la fin, c'était pas rigolo d'être là, tout seuls, et de ne rien pouvoir faire et d'être obligés de se cacher et moi j'avais raison de vouloir aller à l'école, même avec les problèmes, et si je n'avais pas rencontré Alceste, je serais à la récré maintenant et je jouerais aux billes et au gendarme et au voleur et je suis terrible aux billes. « Qu'est-ce qui te prend à pleurer comme ça ? » il m'a demandé Alceste. « C'est de ta faute si je ne peux pas jouer au gendarme et au voleur », je lui ai dit. Alceste, ça ne lui a pas plu. « Je ne t'ai pas demandé de me suivre, il m'a dit, et puis, si tu avais refusé de venir, eh bien, j'y serais allé à l'école, tout ça, c'est de ta faute ! — Ah oui ? » j'ai dit à Alceste, comme dit papa à monsieur Blédurt qui est un voisin qui aime bien taquiner papa. « Oui », a répondu Alceste, comme monsieur Blédurt répond à papa, et on s'est battus, comme papa avec monsieur Blédurt.

Quand on a eu fini de se battre, il a commencé à pleuvoir. Nous sommes partis en courant du terrain vague, parce qu'il n'y avait pas où se mettre pour ne pas être mouillés et ma maman m'a dit qu'elle ne veut pas que je reste sous la pluie et moi, je ne désobéis presque jamais à ma maman.

Alceste et moi on est allés se mettre contre la vitrine de l'horloger. Il pleuvait très fort et on était tout seuls dans la rue, ce n'était pas très rigolo. On a attendu comme ça l'heure de rentrer à la maison.

Quand je suis arrivé à la maison, maman m'a dit que j'étais tout palôt et que j'avais l'air fatigué et que, si je voulais, demain je pourrais ne pas aller à l'école, mais moi j'ai refusé et maman a été bien étonnée.

C'est que demain, quand Alceste et moi on va leur raconter comme on a bien rigolé, les copains de l'école, ils vont être drôlement jaloux!

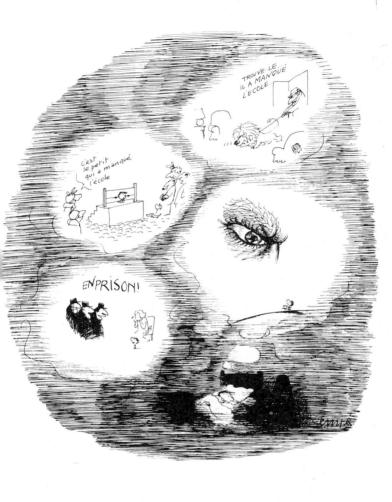

Je fréquente Agnan

Je voulais sortir pour aller jouer avec mes copains, mais maman m'a dit que non, qu'il n'en était pas question, qu'elle n'aimait pas beaucoup les petits garçons que je fréquentais, qu'on faisait tout le temps des bêtises ensemble et que j'étais invité à goûter chez Agnan qui, lui, est très gentil, bien élevé et que je ferais bien de prendre exemple sur lui.

Moi, je n'avais pas tellement envie d'aller goûter chez Agnan, ni de prendre exemple sur lui. Agnan, c'est le premier de la classe, le chouchou de la maîtresse, il n'est pas bon camarade, mais on ne tape pas trop sur lui, parce qu'il porte des lunettes. J'aurais préféré aller à la piscine avec Alceste, Geoffroy, Eudes et les autres, mais il n'y avait rien à faire, maman n'avait pas l'air de rigoler, et, de toute façon, moi j'obéis toujours à ma maman, surtout quand elle n'a pas l'air de rigoler.

Maman m'a fait baigner, peigner, elle m'a dit de mettre le costume bleu marine, celui qui a des plis au pantalon, la chemise blanche en soie et la cravate à pois. J'étais habillé comme pour le

mariage de ma cousine Elvire, la fois' où j'ai été malade après le repas.

« Ne fais pas cette tête-là, m'a dit maman, tu vas bien t'amuser avec Agnan! » et puis nous sommes sortis. J'avais surtout peur de rencontrer les copains. Ils se seraient moqués de moi s'ils m'avaient vu habillé comme ça!

C'est la maman d'Agnan qui nous a ouvert la porte. « Comme il est mignon! » elle a dit, elle m'a embrassé et puis elle a appelé Agnan : « Agnan! Viens vite! Ton petit ami Nicolas est arrivé! » Agnan est venu, lui aussi était drôlement habillé, il avait une culotte de velours, des chaussettes blanches et des drôles de sandales noires qui brillaient beaucoup. On avait l'air de deux guignols, lui et moi.

Agnan n'avait pas l'air tellement content de me voir, il m'a tendu la main et c'était tout mou. « Je vous le confie, a dit maman, j'espère qu'il ne fera pas trop de bêtises, je reviendrai le chercher à six heures. » La maman d'Agnan a dit qu'elle était sûre qu'on allait bien s'amuser et que j'allais être très sage. Maman est partie, après m'avoir regardé comme si elle était un peu inquiète.

Nous avons goûté. C'était bien, il y avait du chocolat, de la confiture, des gâteaux, des biscottes, et nous n'avons pas mis les coudes sur la table. Après, la maman d'Agnan nous a dit d'aller jouer gentiment dans la chambre d'Agnan.

Dans sa chambre, Agnan a commencé par me prévenir que je ne devais pas lui taper dessus, parce qu'il avait des lunettes et qu'il se mettrait à crier et que sa maman me ferait mettre en prison. Je lui ai répondu que j'avais bien envie de lui taper dessus, mais que je ne le ferais pas, parce que j'avais promis à ma maman d'être sage. Ça a semblé lui faire plaisir à Agnan et il m'a dit qu'on allait jouer. Il a commencé à sortir des tas de livres, de géographie, de sciences, d'arithmétique et il m'a proposé que nous lisions et que nous fassions des problèmes pour passer le temps. Il m'a dit qu'il y avait des problèmes chouettes avec des robinets qui coulent dans une baignoire débouchée et qui se vide en même temps qu'elle se remplit.

C'était une bonne idée et j'ai demandé à Agnan si je pouvais voir la baignoire, qu'on pourrait s'amuser. Agnan m'a regardé, il a enlevé ses lunettes, les a essuyées, a réfléchi un peu et puis il m'a dit de le suivre.

Dans la salle de bains, il y avait une grande baignoire et j'ai dit à Agnan qu'on pourrait la remplir et jouer aux petits bateaux. Agnan m'a dit qu'il n'avait jamais pensé à ça, mais que ce n'était pas une mauvaise idée. La baignoire s'est remplie très vite, jusqu'au bord, il faut dire que nous, on l'avait bouchée. Mais là, Agnan était très embêté, parce qu'il n'avait pas de bateaux pour jouer. Il m'a expliqué qu'il avait très peu de jouets, qu'il avait surtout des livres. Heureusement, moi je sais faire des bateaux en papier et on a pris les feuilles du livre d'arithmétique. Bien sûr, on a essayé de faire attention, pour qu'Agnan puisse recoller après les pages dans son livre, parce que c'est très vilain de faire du mal à un livre, à un arbre ou à une bête.

On s'est bien amusés. Agnan faisait des vagues en mettant le bras dans l'eau. C'est dommage qu'il n'ait pas relevé la manche de sa chemise et qu'il

n'ait pas enlevé la montre-bracelet qu'il a eue pour
sa dernière composition d'histoire où il a été premier et qui maintenant marque quatre heures vingt
et ne bouge plus. Au bout d'un temps, je ne sais pas
combien, avec cette montre qui ne marchait plus,
on en a eu assez, et puis il y avait de l'eau partout
et on n'a pas voulu faire trop de gâchis, surtout que
par terre ça faisait de la boue et les sandales
d'Agnan étaient moins brillantes qu'avant.

Nous sommes retournés dans la chambre
d'Agnan et là, il m'a montré la mappemonde. C'est
une grosse boule en métal, sur laquelle on a peint
des mers et des terres. Agnan m'a expliqué que
c'était pour apprendre la géographie et où se trouvaient les pays. Ça, je le savais, il y a une mappemonde comme ça à l'école et la maîtresse nous a
montré comment ça marche. Agnan m'a dit qu'on
pouvait dévisser la mappemonde et alors, ça
ressemblait à une grosse balle. Je crois que c'est

moi qui ai eu l'idée de jouer avec, ce n'était pas
une très bonne idée. On s'amusait à se jeter la
mappemonde, mais Agnan avait enlevé ses lunettes
pour ne pas risquer de les casser, et, sans ses
lunettes, il ne voit pas bien, alors, il a raté la
mappemonde qui est allée frapper du côté de
l'Australie contre le miroir qui s'est cassé. Agnan,
qui avait remis ses lunettes pour voir ce qui s'était
passé, était bien embêté. On a remis la mappemonde
à sa place et on a décidé de faire attention,
sinon, nos mamans pourraient ne pas être trop
contentes.

On a cherché autre chose à faire et Agnan m'a
dit que pour étudier les sciences, son papa lui avait
offert un jeu de chimie. Il m'a montré et c'est très
chouette. C'est une grosse boîte pleine de tubes,
de drôles de bouteilles rondes, de petits flacons
pleins de choses de toutes les couleurs, il y avait
aussi un réchaud à alcool. Agnan m'a dit qu'avec

tout ça, on pouvait faire des expériences très instructives.

Agnan s'est mis à verser des petites poudres et des liquides dans les tubes et ça changeait de couleur, ça devenait rouge ou bleu et, de temps en temps, il y avait une petite fumée blanche. C'était drôlement instructif! J'ai dit à Agnan que nous devrions essayer d'autres expériences plus instructives encore et il a été d'accord. Nous avons pris la plus grande des bouteilles et nous avons mis dedans toutes les petites poudres et tous les liquides, après, on a pris le réchaud à alcool et on a fait chauffer la bouteille. Au début, ce n'était pas mal : ça a commencé à faire de la mousse et puis après, une fumée très noire. L'ennui, c'est que la fumée ne sentait pas bon et elle salissait partout. On a dû arrêter l'expérience quand la bouteille a éclaté.

Agnan s'est mis à crier qu'il ne voyait plus, mais, heureusement, c'était simplement parce que les verres de ses lunettes étaient tout noirs. Pendant qu'il les essuyait, moi j'ai ouvert la fenêtre, parce que la fumée nous faisait tousser. Sur le tapis, la mousse faisait des drôles de bruits, comme l'eau qui bout, les murs étaient tout noirs et nous, on n'était pas bien propres.

Et puis la maman d'Agnan est entrée. Pendant un tout petit moment, elle n'a rien dit, elle a ouvert les yeux et la bouche et puis elle s'est mise à crier, elle a enlevé les lunettes d'Agnan et elle lui a donné une claque, après elle nous a pris par la main pour nous emmener dans la salle de bains pour nous laver. Quand elle a vu la salle de bains, ça ne lui a pas tellement plu, à la maman d'Agnan.

Agnan, lui, il tenait dur à ses lunettes, parce qu'il

n'avait pas envie de recevoir une autre claque. Alors, la maman d'Agnan est partie en courant en me disant qu'elle allait téléphoner à ma maman pour qu'elle vienne me chercher tout de suite et qu'elle n'avait jamais vu une chose pareille et que c'était absolument incroyable.

Maman est venue me chercher très vite et j'étais bien content, parce que je commençais à ne pas m'amuser dans la maison d'Agnan, surtout avec sa maman qui avait l'air drôlement nerveuse. Maman m'a ramené à la maison en me disant tout le temps que je pouvais être fier de moi et que pour le dessert, ce soir, je n'en aurais pas. Je dois dire que c'était assez juste, parce qu'avec Agnan, on a tout de même fait pas mal de bêtises. En somme, maman avait raison, comme toujours : je me suis bien amusé avec Agnan. Moi, je serais bien retourné le voir, mais maintenant, il paraît que c'est la maman d'Agnan qui ne veut pas qu'il me fréquente.

J'aimerais tout de même que les mamans finissent par savoir ce qu'elles veulent, on ne sait plus qui fréquenter !

M. Bordenave
n'aime pas le soleil

Moi, je ne comprends pas monsieur Bordenave quand il dit qu'il n'aime pas le beau temps. C'est vrai ça, la pluie ce n'est pas chouette. Bien sûr, on peut s'amuser aussi quand il pleut. On peut marcher dans le ruisseau, on peut lever la tête et ouvrir la bouche pour avaler plein de gouttes d'eau et à la maison c'est bien, parce qu'il fait chaud et on joue avec le train électrique et maman fait du chocolat avec des gâteaux. Mais quand il pleut, on n'a pas de récré à l'école, parce qu'on ne nous laisse pas descendre dans la cour. C'est pour ça que je ne comprends pas monsieur Bordenave, puisque lui aussi il en profite du beau temps, c'est lui qui nous surveille à la récré.

Aujourd'hui, par exemple, il a fait très beau, avec des tas de soleil et on a eu une récré terrible, d'autant plus que, depuis trois jours, il avait plu tout le temps et on avait dû rester en classe. On est arrivés dans la cour en rang, comme pour chaque récré et monsieur Bordenave nous a dit « Rompez », et on a commencé à rigoler. « On joue au gendarme et au voleur ! » a crié Rufus, dont le papa est agent de police. « Tu nous embêtes, a dit Eudes, on joue au foot. » Et ils se sont battus. Eudes est très fort et il aime bien donner des coups de poing sur les nez des copains, et, comme Rufus c'est un copain, il lui a donné un coup de poing sur le nez. Rufus ne s'y attendait pas, alors, il a reculé et il s'est cogné sur Alceste qui était en train de manger un sandwich à la confiture et le sandwich est tombé par terre et Alceste s'est mis à crier. Monsieur Bordenave est venu en courant, il a séparé Eudes et Rufus et il les a mis au piquet.

« Et mon sandwich, a demandé Alceste, qui me le rendra? — Tu veux aller au piquet aussi? » a répondu monsieur Bordenave. « Non, moi je veux mon sandwich à la confiture », a dit Alceste. Monsieur Bordenave est devenu tout rouge, et il a commencé à souffler par le nez, comme quand il se met en colère, mais il n'a pas pu continuer à parler avec Alceste, parce que Maixent et Joachim étaient en train de se battre. « Rends-moi ma bille, tu as triché! » criait Joachim et il tirait sur la cravate de Maixent et Maixent lui donnait des gifles. « Qu'est-ce qui se passe ici? » a demandé monsieur Bordenave. « Joachim n'aime pas perdre, c'est pour ça qu'il crie, si vous voulez, je peux lui donner un coup de poing sur le nez », a dit Eudes qui s'était approché pour voir. Monsieur Bordenave a regardé Eudes, tout surpris : « Je croyais que tu étais au piquet? » il a dit. « Ah, ben oui, c'est vrai », a dit Eudes, et il est retourné au piquet, pendant que Maixent devenait tout rouge, parce que Joachim ne la lâchait pas, la cravate, et monsieur Bordenave les a envoyés tous les deux au piquet, rejoindre les autres.

sempé.

« Et mon sandwich à la confiture? » a demandé Alceste, qui mangeait un sandwich à la confiture. « Mais tu es en train d'en manger un! » a dit monsieur Bordenave. « C'est pas une raison, a crié Alceste, j'apporte quatre sandwichs pour la récré et je veux manger quatre sandwichs! » Monsieur Bordenave n'a pas eu le temps de se fâcher, parce qu'il a reçu la balle sur la tête, pof! « Qui a fait ça? » a crié monsieur Bordenave en se tenant le front. « C'est Nicolas, monsieur, je l'ai vu! » a dit Agnan. Agnan, c'est le premier de la classe et le chouchou de la maîtresse, nous, on ne l'aime pas trop, c'est un vilain cafard, mais il porte des lunettes et on ne peut pas lui taper dessus aussi souvent qu'on en aurait envie. « Vilain cafard, j'ai crié, si t'avais pas de lunettes, je t'en enverrais une! » Agnan s'est mis à pleurer, en disant qu'il était très malheureux et qu'il allait se tuer et puis il s'est roulé par terre. Monsieur Bordenave m'a demandé si c'était vrai que c'était moi qui avais jeté la balle et je lui ai dit que oui, qu'on jouait à la balle au chasseur et que j'avais raté Clotaire, et que ce n'était pas de ma faute, parce que je n'avais pas envie de chasser monsieur Bordenave. « Je ne veux pas que vous jouiez à ces jeux brutaux! Je confisque la balle! Et toi, tu vas au piquet! » il m'a dit, monsieur Bordenave. Moi je lui ai dit que c'était drôlement injuste. Agnan, lui, il m'a fait « bisque, bisque, rage » et il avait l'air tout content et il est parti avec son livre. Agnan ne joue pas pendant la récré, il emporte un livre et il repasse ses leçons. Il est fou, Agnan!

« Et alors, qu'est-ce qu'on fait pour le sandwich à la confiture? a demandé Alceste. J'en suis à mon troisième sandwich, la récré va se terminer et il va me manquer un sandwich, je vous préviens! » Monsieur Bordenave allait commencer à lui répondre, mais il n'a pas pu et c'est dommage, parce que ça avait l'air intéressant ce qu'il avait à dire à Alceste. Il n'a pas pu répondre, parce qu'Agnan était par terre et il poussait des cris terribles. « Quoi encore? » a demandé monsieur Bordenave. « C'est Geoffroy! Il m'a poussé! Mes lunettes! Je meurs! » a dit Agnan qui parlait comme dans un film que j'ai vu où il y avait des gens dans un sous-marin qui ne pouvaient pas remonter et les gens se sauvaient, mais le sous-marin était fichu. « Mais non, monsieur, ce n'est pas Geoffroy, Agnan est tombé tout seul, il ne tient pas debout », a dit Eudes. « De quoi te mêles-tu? a demandé Geoffroy, on ne t'a pas sonné, c'est moi qui l'ai poussé et après? » Monsieur Bordenave s'est mis à crier à Eudes de retourner au piquet et il a dit à Geoffroy de l'accompagner. Et puis, il a ramassé Agnan qui saignait du nez et qui pleurait et il l'a emmené à l'infirmerie, suivi d'Alceste qui lui parlait de son sandwich à la confiture.

Nous, on a décidé de jouer au foot. Ce qui était embêtant, c'est que les grands jouaient déjà au foot dans la cour, et, avec les grands, on ne s'entend pas toujours très bien et on se bat souvent. Et là, dans la cour, avec les deux balles et les deux parties de foot qui se mélangeaient, ça n'a pas raté. « Laisse cette balle, sale miochc, a dit un grand à Rufus, elle est à nous! — C'est pas vrai! » a crié Rufus, et c'était vrai que c'était pas vrai, et un grand a mis un but avec la balle des petits et le grand a giflé Rufus et Rufus a donné un coup de pied dans la jambe du grand. Les batailles avec les grands, ça se passe toujours comme ça , eux, ils nous donnent des gifles et nous on leur donne des coups de pied dans les jambes. Là, on se donnait à plein et tout le monde se battait et ça faisait un drôle de bruit. Et, malgré le bruit, on a entendu le cri de monsieur Bordenave qui revenait de l'infirmerie avec Agnan et Alceste. « Regardez, a dit Agnan, ils ne sont plus au piquet! » Monsieur Bordenave avait l'air vraiment fâché et il est venu en courant vers nous, mais il n'est pas arrivé, parce qu'il a glissé sur le sandwich à la confiture d'Alceste et il est tombé. « Bravo, a dit Alceste, c'est gagné, marchez-lui dessus, à mon sandwich à la confiture! »

Monsieur Bordenave s'est relevé et il se frottait le pantalon et il s'est mis plein de confiture sur la main. Nous, on avait recommencé à se battre et c'était une récré drôlement chouette, mais monsieur Bordenave a regardé sa montre et il est allé en boitant sonner la cloche. La récré était finie.

Pendant qu'on se mettait en rang, le Bouillon est venu. Le Bouillon, c'est un autre surveillant, qu'on appelle comme ça parce qu'il dit toujours : « Regardez-moi dans les yeux », et comme dans le bouillon il y a des yeux, on l'appelle le Bouillon. Ce sont les grands qui ont trouvé ça.

« Alors, mon vieux Bordenave, a dit le Bouillon, ça ne s'est pas trop mal passé? — Comme d'habitude, a répondu monsieur Bordenave, qu'est-ce que tu veux, moi, je prie pour qu'il pleuve, et quand je me lève le matin et que je vois qu'il fait beau, je suis désespéré! »

Non, vraiment, moi je ne comprends pas monsieur Bordenave, quand il dit qu'il n'aime pas le soleil!

Je quitte la maison

Je suis parti de la maison! J'étais en train de jouer dans le salon et j'étais bien sage, et puis, simplement parce que j'ai renversé une bouteille d'encre sur le tapis neuf, maman est venue et elle m'a grondé. Alors, je me suis mis à pleurer et je lui ai dit que je m'en irais et qu'on me regretterait beaucoup et maman a dit : « Avec tout ça il se fait tard, il faut que j'aille faire mes courses », et elle est partie.

Je suis monté dans ma chambre pour prendre ce dont j'aurais besoin pour quitter la maison. J'ai pris mon cartable et j'ai mis dedans la petite voiture rouge que m'a donnée tante Eulogie, la locomotive du petit train à ressort, avec le wagon de marchandises, le seul qui me reste, les autres wagons sont cassés, et un morceau de chocolat que j'avais gardé du goûter. J'ai pris ma tirelire, on ne sait jamais, je peux avoir besoin de sous, et je suis parti.

C'est une veine que maman n'ait pas été là, elle m'aurait sûrement défendu de quitter la maison. Une fois dans la rue, je me suis mis à courir. Ma-

man et papa vont avoir beaucoup de peine, je reviendrai plus tard, quand ils seront très vieux,
comme mémé, et je serai riche, j'aurai un grand
avion, une grande auto et un tapis à moi, où je
pourrai renverser de l'encre et ils seront drôlement
contents de me revoir.

Comme ça, en courant, je suis arrivé devant la
maison d'Alceste, Alceste c'est mon copain, celui
qui est très gros et qui mange tout le temps, je vous
en ai peut-être déjà parlé. Alceste était assis devant
la porte de sa maison, il était en train de manger
du pain d'épices. « Où vas-tu? » m'a demandé
Alceste en mordant un bon coup dans le pain
d'épices. Je lui ai expliqué que j'étais parti de chez
moi et je lui ai demandé s'il ne voulait pas venir
avec moi. « Quand on reviendra, dans des tas d'années, je lui ai dit, nous serons très riches, avec des
avions et des autos et nos papas et nos mamans
seront tellement contents de nous voir, qu'ils ne
nous gronderont plus jamais. » Mais Alceste
n'avait pas envie de venir. « T'es pas un peu fou, il
m'a dit, ma mère fait de la choucroute ce soir,
avec du lard et des saucisses, je ne peux pas
partir. » Alors, j'ai dit au revoir à Alceste et il
m'a fait signe de la main qui était libre, l'autre
était occupée à pousser le pain d'épices dans sa
bouche.

J'ai tourné le coin de la rue et je me suis arrêté
un peu, parce qu'Alceste m'avait donné faim et
j'ai mangé mon bout de chocolat, ça me donnera
des forces pour le voyage. Je voulais aller très loin,
très loin, là où papa et maman ne me trouveraient
pas, en Chine ou à Arcachon où nous avons passé
les vacances l'année dernière et c'est drôlement

loin de chez nous, il y a la mer et des huîtres.

Mais, pour partir très loin, il fallait acheter une auto ou un avion. Je me suis assis au bord du trottoir et j'ai cassé ma tirelire et j'ai compté mes sous. Pour l'auto et pour l'avion, il faut dire qu'il n'y en avait pas assez, alors, je suis entré dans une pâtisserie et je me suis acheté un éclair au chocolat qui était vraiment bon.

Quand j'ai fini l'éclair, j'ai décidé de continuer à pied, ça prendra plus longtemps, mais puisque je n'ai pas à rentrer chez moi, ni à aller à l'école, j'ai tout le temps. Je n'avais pas encore pensé à l'école et je me suis dit que demain, la maîtresse, en classe, dirait : « Le pauvre Nicolas est parti tout seul, tout seul et très loin, il reviendra très riche, avec une auto et un avion », et tout le monde parlerait de moi et serait inquiet pour moi et Alceste regretterait de

ne pas m'avoir accompagné. Ce sera drôlement chouette.

J'ai continué à marcher, mais je commençais à être fatigué, et puis, ça n'allait pas bien vite, il faut dire que je n'ai pas des grandes jambes, ce n'est pas comme mon ami Maixent, mais je ne peux pas demander à Maixent de me prêter ses jambes.Ça, ça m'a donné une idée : je pourrais demander à un copain de me prêter son vélo. Justement je passais devant la maison de Clotaire. Clotaire a un chouette vélo, tout jaune et qui brille bien. Ce qui est embêtant, c'est que Clotaire n'aime pas prêter des choses.

J'ai sonné à la porte de la maison de Clotaire et c'est lui-même qui est venu ouvrir. « Tiens, il a dit, Nicolas ! Qu'est-ce que tu veux ? — Ton vélo », je lui ai dit, alors Clotaire a fermé la porte. J'ai sonné de nouveau et, comme Clotaire n'ouvrait pas, j'ai laissé le doigt sur le bouton de la sonnette. Dans la maison j'ai entendu la maman de Clotaire qui criait : « Clotaire! Va ouvrir cette porte! » Et Clotaire a ouvert la porte mais il n'avait pas l'air tellement content de me voir toujours là. « Il me faut ton vélo, Clotaire, je lui ai dit. Je suis parti de la maison et mon papa et ma maman auront de la peine et je reviendrai dans des tas d'années et je serai très riche avec une auto et un avion. » Clotaire m'a répondu que je vienne le voir à mon retour, quand je serai très riche, là, il me vendra son vélo. Ça ne m'arrangeait pas trop, ce que m'avait dit Clotaire, mais j'ai pensé qu'il fallait que je trouve des sous; pour des sous, je pourrais acheter le vélo de Clotaire. Clotaire aime bien les sous.

Je me suis demandé comment faire pour trouver des sous. Travailler, je ne pouvais pas, c'était jeudi. Alors j'ai pensé que je pourrais vendre les jouets que j'avais dans mon cartable : l'auto de tante Eulogie et la locomotive avec le wagon de marchandises, qui est le seul qui me reste parce que les autres wagons sont cassés. De l'autre côté de la rue j'ai vu un magasin de jouets, je me suis dit que, là, ça pourrait les intéresser mon auto et le train.

Je suis entré dans le magasin et un monsieur très gentil m'a fait un grand sourire et il m'a dit : « Tu veux acheter quelque chose, mon petit bonhomme? Des billes? Une balle? » Je lui ai dit que je ne voulais rien acheter du tout, que je voulais vendre des jouets et j'ai ouvert le cartable et j'ai mis l'auto et le train par terre, devant le comptoir. Le monsieur gentil s'est penché, il a regardé, il a eu l'air étonné et il a dit : « Mais, mon petit, je n'achète

pas des jouets, j'en vends. » Alors je lui ai demandé
où il trouvait les jouets qu'il vendait, ça m'intéres-
sait. « Mais, mais, mais, il m'a répondu, le monsieur, je ne les trouve pas, je les achète. — Alors,
achetez-moi les miens », j'ai dit au monsieur.
« Mais, mais, mais, il a fait de nouveau, le monsieur,
tu ne comprends pas, je les achète, mais pas à toi,
à toi je les vends, je les achète dans des fabriques,
et toi... C'est-à-dire... » Il s'est arrêté et puis il a dit :
« Tu comprendras plus tard, quand tu seras
grand. » Mais, ce qu'il ne savait pas, le monsieur,
c'est que quand je serai grand, je n'aurai pas besoin de sous, puisque je serai très riche, avec une
auto et un avion. Je me suis mis à pleurer. Le monsieur était très embêté, alors, il a cherché derrière
le comptoir et il m'a donné une petite auto et puis
il m'a dit de partir parce qu'il se faisait tard, qu'il

devait fermer le magasin et que des clients comme moi, c'était fatigant après une journée de travail. Je suis sorti du magasin avec le petit train et deux autos, j'étais rudement content. C'est vrai qu'il se faisait tard, il commençait à faire noir et il n'y avait plus personne dans les rues, je me suis mis à courir. Quand je suis arrivé à la maison, maman m'a grondé parce que j'étais en retard pour le dîner.

Puisque c'est comme ça, c'est promis : demain je quitterai la maison. Papa et maman auront beaucoup de peine et je ne reviendrai que dans des tas d'années, je serai riche et j'aurai une auto et un avion!